이미 넌 고마운 사람

* 이 도서의 국립중앙도서관 출판예정도서목록(CIP)은 서지정보유통지원시스템
홈페이지(http://seoji.nl.go.kr)와 국가자료공동목록시스템(http://www.nl.go.kr/kolisnet)에서
이용하실 수 있습니다. (CIP제어번호: CIP2019049569)

이미 넌 고마운 사람

배지영
지음

힘들었던 하루 끝에
잠깐 숨 한 번 고를 수 있게,
나지막히 전하는 위로들

은행나무

차
례

서문 8

1부

그냥 사랑이라서 좋았던 거야

일기예보 14 · 딱 한 명이면 돼 17 · 양말 한 짝 21

펭귄의 사랑 24 · 조금 헤매도 괜찮아 27 · 그 사람의 글씨체 30

언제쯤 고백할 수 있을까 32 · 사진 한 장만으로도 충분히 알 수 있는 것 35

사랑한다는 흔한 말 39 · 안녕을 말하는 순간 42 · 아주 가끔 생각나 46

사랑하니까 좋은 건가봐 49 · 아프고 애틋하게 53

딱 하나 해서는 안 됐을 그 말 56 · 용기 있는 탐험가 59

까다로운 감정들 62 · 반드시 정답 66

2부

아주 작은 돌멩이에 지나지 않았을 거야, 그때의 고민들은

호수의 비밀 70 · 네가 원했던 그 일 73

못하는 게 당연한 거야 76 · 일단 시작하는 데서부터 79

새로운 시간을 들여놓는 일 82 · 이날도 곧 지나가요 85

너무 절실해지지는 말자 88 · 버겁고 힘들어도 힘내지 않기로 92

좀 더 잘 헤어질 수 있겠지 95 · 미끄러져 넘어진다 해도 98

밤섬을 보고 싶어 101 · 더 나빠질 건 없어 105

길가에 두고 온 것 109 · 빈손 만들기 112 · 근사하게 포장된 이유 115

놀라운 능력 118 · 시간이 건네는 이야기 121 · 가만히 귀 기울여봐 123

나누는 즐거움 126 · 그때의 시간이, 그곳이 130 · 다시 가고 싶어 133

아이스 커피 두 잔 136 · 달콤한 냄새 140

3부

서로가 서로에게 먼 불빛이 되어 준다면

홀로 날지 않기를 144 · 비로소 제대로 읽히는 순간 147

록 앤 퀵 앤 퀵 150 · 운이 좋다니까! 153 · 집으로 오는 길 156

예양이, 예쁜 고양이의 줄임말 159 · 보고 싶은 얼굴들 163

따뜻한 밥상의 힘 166 · 그냥 한 사람 169 · 도도새의 비밀 172

마음속에 남는 건 175 · 누군가에게 위로가 될지 몰라 178

보고도 못 본 척 182 · 도울 수 있는 것 또한 사람뿐 185 · 한마디면 돼 188

4부

위로란 참 조용한 일

한 짝만 남아버린 슬리퍼 192 · 왜 하필 내가 아닌 건지 195

좀 더 일찍 198 · 가장 힘든 건 바로 지금 201 · 문득 뒤돌아봤을 때 205

내 손을 잡아달라고 208 · 이젠 다 버려야겠다고 211

이별이 조금 덜 아프지 않았을까 214 · 더 이상 손 못 쓸 때가 되어서야 217

오롯이 홀로 가만히 219 · 우주선의 외로움 222 · 이젠 어떻게 가야 하지 226

오지 않을 걸 알면서도 229 · 곁에 내려앉은 낙엽처럼 232

어려운 위로가 아닌데, 참 쉬운 말인데 236

평일 오전의 동물원에서 239 · 슬픔을 마주한다는 건 242

한밤 라디오를 들으며 십대와 이십대를 보낸 세대라면
감수성의 2할은 라디오에서 흘러나온 음악과 사연,
그리고 디제이의 멘트에 빚지지 않았을까.

나 역시 그런 세대다.

이어폰을 귀에 꽂고 수학 문제를 풀고 영어 단어를
외우고 친구에게 편지를 썼다.

그리고 아주 가끔은 누구에게도 털어놓지 못한 고민을
엽서에 적어 보내기도 했다.

그래서인지 밤 10시부터 12시까지 하는 라디오 '꿈과
음악사이에'의 작가로 일하게 됐을 때 기쁨이 컸다.

하지만 막상 일이 시작되자 당황스러웠다.

원고를 쓰려니 그 시절의 감정들이 걷잡을 수 없이
밀려왔던 것이다.

상처와 사랑, 모든 환희와 이별의 순간이 손에 잡힐 듯
선명하게 떠올랐다.

그래서 그런 것 같다.

원고를 쓰는 속도는 자꾸 더뎌졌고 마음은 딴 데로 샜다.
문득 정신을 차리고 보면 버겁기만 했던 이십대의 내가,
갈팡질팡하던 삼십대의 내가 자판을 두드리고 있었다.
맥주병으로 퉁퉁 부은 다리를 문지르며 음악을 듣는다는
사연 속 그녀는 골프장 캐디로 일하고 있다.
난 그녀가 옥탑방에 살면서 빗소리를 녹음해 친구에게
들려주기도 하는 밝고 소박한 친구란 걸 알게 됐다.
비 오는 날 이별 노래를 신청했던 한 고시생은
평일 오전 동물원에서 비를 맞으며 헤어져야 했던 사연
을 들려주기도 했다.

그리고 또 있다.
이 모든 이들이
결국 힘을 얻는 건 가족이란 사실도.
밤에 깨어 라디오를 듣는 사람들에게
가족은 더 애틋하고
사랑은 더 깊을 수밖에 없다는 것을.

밤의 사람들은 낮의 사람들보다 훨씬 너그러웠다.

상처 때문에 잠 못 이루어도

다른 이의 아픔에 기꺼이 공감할 줄 알았고

위로하고 싶어 했다.

죽을 만큼 힘들어도

기꺼이 함께 웃어줄 줄 알았다.

왜 이다지도 착한 사람들은 많은 걸까.

어떻게 이렇게 곱디고운 마음을 품고 살 수 있는 걸까.

밤의 힘이기도 하겠지만

그들이 순한 결을 기꺼이 내보였던 건

추억에 빠지게 하고

힘들어도 행복했던 청춘의 한때를 떠올리게 하는 음악

때문이었을 것이다.

그리고 달콤한 목소리의 디제이의 힘이기도 하리라.

밤의 음악과 목소리로 두 시간을 가득 채워준 디제이

허윤희 씨에게 감사하다.

참 고맙습니다.

밤의 시간과 이야기들,

그리고 함께 한 노래들.

한 줄의 이야기에서도 드러나던 아름다운 인생들에게.

하나하나 소중한,

이미 고마운 당신들에게…….

2019년 겨울, 예버덩 문학의 집에서

1부

그냥 사랑이라서 좋았던 거야

일기예보

'그곳엔 비가 와? 여긴 맑은데.'

'바람이 많이 분다며. 여긴 눈이 와. 사진 한 장 보낼게.'

그 애의 문자를 받고서야

창을 내다보기도 했어.

그제야,

비가 오네.

아, 바람이 불고 있었구나.

알아차리기도 했지.

여름방학 때

몇 주간의 봉사활동을 함께하던 아이였어.

귀밑까지 짧게 자른 단발머리에

콧잔등엔 주근깨가 있었지.

작은 시골 분교의 복도를 빗자루로 쓸며

노랠 불렀고

난 그 노랫소리를 듣는 게 싫지 않았어.

헤어질 땐

다른 학교에서 온 아이들끼리 전화번호를 주고받았어.

꼭 연락하자고 약속했지만

결국 그 아이는

내게만 문자를 보내왔어.

하지만 난 별거 아닌 문자에 금방 시큰둥해졌지.

답하지 않는 때가 많아졌고 연락은 끊기고 말았어.

머나먼 이국으로 떠난

그 사람이 그리워질 때면

나도 모르게 그 도시의 일기예보를 살펴보게 돼.

그 나라의 뉴스만 귀에 들어와.

그제야 알았어.

그때 그 아이의 별거 아닌 날씨 안부가

무슨 의미를 담고 있었는지…….

문득 때늦은 문자를 보내고 싶어졌어.

그곳 날씨는 어때?

딱 한 명이면 돼

세상에서 가장 외로운 고래가 있어.

태평양 어느 부근에서 포착됐다는

이 고래의 주파수는 52헤르츠.

일반적으로 고래는 12헤르츠에서 25헤르츠 사이의

주파수로 의사소통을 해.

결국 이 고래의 소리를 다른 고래들은

전혀 듣지 못한다는 얘기야.

사람들은 이 외로운 고래를

52헤르츠 고래라 이름 붙였어.

52헤르츠 고래는 28년이 넘도록 바다를 떠돌며

자신의 목소리로 노랠 부르고 있대.

누구도 답하지 않는 노래.

친구도 만들지 못한 채

혼자 떨어져 지내면서 말이지.

대학 시절, 난 미국 국립해양대기청에서 녹음했다는

52헤르츠 고래의 노랫소리를

몇 번이고 재생해서 듣곤 했어.

고래가 나 같기도

내가 그 고래 같기도 했어.

아무도 날 이해해주지 않는다고 생각했거든.

한편으론 그래도 상관없다는 생각이 들기도 했어.

물론 그 아이를 만나기 전까지.

난 그를 만나자마자 알 수 있었어.

나와 같은 52헤르츠로 노랠 부르고 있다는 것을.

우린 그렇게 단번에 서로를 알아봤던 거 같아.

오직 한 명이면 충분했어.

내 목소릴 듣고 이해해줄 단 한 명.

52헤르츠 고래가 그렇게 오랜 시간 바다를 헤엄치며

노랠 불렀던 이유도

단 하나의 친구를 찾기 위해서였을 거야.

그리고 후에 깨달았어.

그와의 공통점이라 생각했던 건 대부분 내 오해고 착각

이었다는 것을.

끝내 서로를 이해하지 못한 부분이 훨씬 더 많았지만

우린 둘 다 서로를 닮았다고 여겼던 거 같아.

그렇지만 그래도 상관없다는 생각이 들어.

원래 모든 사랑이나 우정도

그런 착각에서 시작되고

그러면서 차츰 서로 닮아가기 마련이니까.

양말 한 짝

생활 속 미스터리가 있어.

옷은 사도 사도 입을 게 없고

먹은 건 없는데 체중은 늘지.

분명 월급은 들어온 거 같지만 늘 돈은 없고 말이야.

그리고 또 하나,

일명 양말계의 미스터리라고도 불리는데

빨래만 하면 양말 한 짝이 사라진다는 것도.

이 의문을 진지하게 연구한 과학자들이 있대.

그들의 주장에 의하면

양말 한 짝 정도는 세탁기의 건조 기능이 작동했을 때

진짜 사라질 수 있다는 거야.

뜨거운 열기가 빨래 속 물 분자를 증발시키는데

그 순간 화학 변화가 일어나면서

양말이 아주 작은 분자로 분해된 다음

세탁기 밖으로 배출된다는 거지.
그렇게 세탁기 속에서 양말이 진짜 사라진다는 거야.
이 가설을 처음 들었을 때
너무 황당한 전개 아닌가 생각했어.

아무튼 우리나라의 한 과학자는 이렇게 말했대.
전 세계엔 그렇게 분해된 수많은 양말들이
공중에 둥실 떠다니고 있을 거라고.
물론 이 양말 분해설은 아직도 연구 진행 중이라고 해.
그냥 실수로 잃어버린 줄 알았던 양말이
뭔가 '확실한 이유로' 사라져버린 것일 수도 있다는 게
새로운 상상을 품게 해.

그렇다면 어린 시절 잃어버린 줄 알았던 인형도,
이사하면서 사라진 줄 알았던 일기장도, 그 많은 사진도

알 수 없는 화학 작용에 의해 작은 알갱이로 분해되어

공중에 떠다니고 있는 건 아닐까 하는.

그래서 불현듯

길을 걷다 과거의 추억 속으로 빠져들었던 건가.

까맣게 잊고 지내던 그 사람이

어젯밤 꿈속에 나타난 건 아닐까 하는,

그런 생각 말이야.

펭귄의 사랑

펭귄은 한자어로 '인조(人鳥)'래.

인간처럼 걸어 다닌다고 해서 말이지.

그래서 그런 걸까.

멀찌감치 사람이 보이면 그렇게 반가워 한대.

두 다리로 걷는 것만으로

동족일지 모른다는 생각에.

물론 가까이 와서 보곤 실망하고 당황스러워하기도 하

지만 미련을 버리지 못해 계속 주위를 맴돈대.

상상만 해도 너무 귀여워.

두 발로 걷는다는 사소한 공통점 외엔

닮은 구석이라곤 전혀 없는 인간인데.

고작 그 하나를 그렇게

대단하다, 여기는 펭귄.

순진하다 해야 할까.

한편으론

좋은 구실 하나로 금세 사랑에 빠져버렸던
나의 '한때' 같기도 해.

그 시절, 그 오빠에게 끌렸던 이유.
나처럼 왼손잡이라는 단순한 사실 하나 때문이었거든.
그러고 보면
노래를 잘 부른다고
세련되게 옷을 잘 입는다고
생일이 같다는 이유로
알고 보니 같은 유치원 출신이었다는 것만으로도
대단한 운명이라도 되는 양 잘도 사랑에 빠졌던 시절이
있었어.

그때에 비해
지금은 사랑에 빠지기 위해

너무 많은 조건이 필요해진 거 같아.

대책 없고
마냥 좋았던 그때,
'펭귄의 사랑'을 하던 그 시절의
뒤뚱거렸던 서투름이 그리워지기도 해.

조금 헤매도 괜찮아

자주 다녔던 길인데
어떻게 헷갈릴 수 있냐고 넌 묻곤 했지.
그러게 말이야.
난 왜 이렇게 길을 자주 헤맬까.
아마도 너무 작은 걸 보기 때문인 거 같아.
사람들은 큰 건물이나 방향을 살피며 걷지만
나는 작은 입간판이나 누구도 눈여겨보지 않을
시멘트 사이에 핀 작은 풀꽃 같은 게 먼저 보이거든.
그런 걸 보며 길을 걷다가
고개 들면 돌연 길은 낯설어져 있는 거지.

그뿐 아니야.
좀 더 빠른 길을 가려 하지 않고
둘러가더라도 풍경이 예쁘거나
다른 방향으로 가면 어떨까 싶거든.

걷다 보면 결국 낯선 길 가운데 서 있는 거야.

문득 깨달았어.

난 길뿐 아니라 사람도 그렇게 본다는 걸.

가령 웃을 때 한쪽 눈썹만 올라간다거나

문 열고 나갈 때 뒷사람을 위해 잠시 문을 잡고 있다던가

손을 잡을 때면 꼭 다른 손으로

내 손등을 가볍게 토닥인다든가.

그런 작은 습관들, 사소한 모습에 네게 반했거든.

난 또

별거 아닌 너의 말이나 행동에 고민하기도 해.

어쩐지 힘없이 들렸던 목소리라던가

SNS나 카톡 프로필의 문구라던가

무슨 뜻일까 마음 쓰느라

길을 잃듯 마음을 잃어

쓸데없는 걱정에 밤을 지새우기도 하지.

그렇게 자주 헤매고 쓸데없는 걱정에 빠진다 해도

남들은 못 본 너의 작은 매력을 나만은 찾았기에

그래서 너를 만나 사랑에 빠졌기에

둘러가는 사랑이라도

자주 너와의 사랑에 길을 잃어도

난 행복하다고,

그렇게 말하고 싶다.

그 사람의 글씨체

누군가를 기억하는 데 있어서

가장 먼저 사라지는 건

그 사람의 얼굴

그다음이 목소리

가장 늦게까지 남는 건 냄새라고 하잖아.

하지만 나에게 가장 오래 남는 건

글씨체인 거 같아.

그의 글씨엔

모든 것이 다 담겨 있다는 생각이 들어.

니은이나 디귿을 둥글게 쓰던 필체 안엔

그의 부드러웠던 음성이

받침이 작아 마치 달려가는 듯한 인상을 주던 글자에선

상체를 앞으로 내밀며 빠르게 걷던 모습이

흘려 쓰지 않고 또박또박 쓰던 숫자엔

완벽하게 일 처리 하려 애쓰던

그의 바지런함이 담겨 있는 거 같았지.

물론 이렇게 오래도록 기억에 남을 수 있었던 건

그만큼 그의 편지를

여러 번 읽어봤기 때문인지 모르겠지만

개성 있는 그의 글씨체 덕분인 것도 같아.

처음엔 악필이다 싶었는데

볼수록 정감 가는 필체였지.

'졸리지? 커피 한잔하러 가자.'

내 책상 위로 툭 던져졌던 그 쪽지들.

일상적인 이야기를 주욱 늘어놓더니

뜬금없이 "사랑해"로 끝맺던 사랑스러운 편지들.

아주 가끔 일상이 너무 힘들거나 무료해질 때면

꾹꾹 눌러썼던 그의 편지가 받고 싶어져.

언제쯤 고백할 수 있을까

오늘도 그 애를 만났어.

10년째 친구로만 지내고 있는 남자 사람 친구.

무슨 이야기 끝에선가

내가 왜 여태껏 연애를 못 하는지에 대한 이야길 하게

됐지.

그 아인 이렇게 말하더라.

"넌 눈이 높아서 그래."

억울한 마음이 들었어.

아무리 생각해봐도 난 눈이 높지 않거든.

"난 그저 내 말을 잘 들어주고

함께 있으면 마음 편안해지는

그런 사람을 원하는 것뿐이라고."

그러자 그 애가 단호하게 대답했어.

"그게 눈이 높은 거야. 너무 추상적이잖아."

난 입을 비죽거릴 수밖에 없었지.

"연애 잘하는 사람의 특징이 있는데 그게 뭔지 알아?"
"뭔데?"
"자길 좋아할 만한 사람에게 대시하는 거. 그런데 넌 널
좋아하는 남자가 나타나면 도망가기 바쁘고 네가 좋아
하는 사람에겐 무심한 척 굴잖아."
그의 말에
말도 안 된다며 그 애를 노려봤지.

하지만 그 애 말은 다 사실이야.
난 그랬거든,
마치 초등학생처럼.
좋아하는 아이에게 더 못되게 구는,
혹은 무관심한 척 대하는,

내가 가장 좋아하는 사람.

말도 잘 통하고

10년간 변함없이 내 곁에 있어주는 그 애에게

좋아한다, 티 한 번 내지 못하고

괜히 툴툴대거나 화내고 있는 나,

언제쯤 내 마음 고백할 수 있을까.

사진 한 장만으로도 충분히 알 수 있는 것

중국에 사는 열아홉 청년은

한 여인을 보고 첫눈에 반했어.

그녀는 스물아홉,

사별한 남편 사이에 자식을 둔 상태였지.

1940년대 중국의 보수적인 시골 마을에선

이들의 사랑을 용납할 수 없었던 모양이야.

친인척은 물론이고 동네 사람들 모두 이들을 비난했고

어느새 여자는 공공의 적이 되어버렸다고 해.

결국 두 사람은 마을을 떠나

산속 깊은 곳으로 숨어들었지.

거친 땅을 일궈 밭을 만드는 데 15년,

손수 흙을 빚어 집을 완성하는 데 25년이 걸렸지만

그곳에서 둘만의 생활을 계속 이어나간 거야.

그렇지만 가끔 마을에 내려가야 할 일이 생겼어.

여자는 험한 산길에서 종종 넘어지기도 하고
가끔 길을 잃기도 했지.
이를 본 남자는 마을로 향하는 계단을 만들기 시작했어.
매일 조금씩 정과 망치로 바위를 깨어
그렇게 50년에 걸쳐 6천 개의 돌계단을 만들었는데,
행여 아내가 미끄러질까
계단 옆엔 손잡이노 만들고
미끄럼방지 홈까지 새겨 넣었다고 해.
깊은 산속 뜬금없이 놓인 돌계단을
산림관리인이 발견하면서
이들의 이야기가 세상에 알려진 거야.

굳이 산속 깊은 곳까지 숨어들었던 남자가
아내를 위해 마을까지 이어진 길고 긴 돌계단을
만든 이유는 무엇이었을까.

열아홉 청년이 일흔의 나이가 되도록

매일 성실히 계단을 만들고 보수하는 모습을 보는

여자의 심정은 어땠을까, 궁금했지.

그러다 둘의 사진을 보게 됐어.

일흔의 남편과 여든의 아내는

서로를 바라보며 웃고 있더라.

이젠 누가 더 나이를 먹었는지 구분할 수 없을 정도로

주름이 자글자글 잡힌 할아버지 할머니가 되었지만

사랑스런 눈길을 주고받는 모습은

이제 막 사랑을 시작한 청춘의 눈빛이고 표정이었어.

6천 개의 계단이 아니어도 느껴지는 그들의 사랑.

그 사진 한 장만으로도 충분히 알 수 있을 것만 같았어.

사랑한다는 흔한 말

유튜브에서 화제가 된 동영상이 있어.

일본에 사는 일흔여섯의 할아버지가

스물넷의 자신에게 영상 편지를 띄우는 거야.

할아버지는 이렇게 말해.

"너는 직장에서 알게 된 귀여운 하나 씨를 사귀게 돼.

인기가 없던 넌,

겨우 나 같은 사람, 이라는 생각에

이런저런 자격지심에 휘둘려

사랑 고백도 프러포즈도 못 해.

하지만 결심을 하게 되면 결혼을 서둘러야 할 거야.

왜냐면 하나 씨는 2년 뒤 병으로 세상을 떠나거든.

넌 무척 후회하고 슬퍼해.

그녀를 잊지 못하지.

일흔여섯 살인 지금도 독신인 채로 지내고 있잖아.

그러니까

가장 사랑했던 사람이, 가장 좋아했던 사람이
바로 그 하나 씨라는 것을
네게 말해주고 싶어."

지나고 나서 가장 후회하는 건,
제때 자신의 감정을 표현하지 못한 것 아닌가 싶어.
연인 간의 사랑뿐만은 아닐 거야.
부모님께 더 많이 사랑한다고 말했어야 했는데
그러지 못한 걸 우린 또 후회하지.
또 이런 경우도 있어.
싫다고 해야 했는데 왜 그렇게 참았을까.
미안하다고 말했어야 하는데
왜 자꾸 미뤘을까, 하는 것도.
감정 표현을 제때 하지 못한 후회가
지나고 보면 제일 큰 것 같아.

지금은 어때?

다른 건 몰라도 사랑한다는 말은

미루지 않았으면 좋겠다.

조금만 더 용기를 내보자.

먼 훗날의 내가 지금의 내게 가장 간절하게 바라는 것도

아마 그것일 테니까.

안녕을 말하는 순간

하필 그와 엘리베이터 앞에서 마주치고 말았어.

되돌아갈 수도 없는 상황이라

머쓱한 미소를 지을 수밖에 없었지.

"잘 지내지?"

그가 내게 물었어.

"응. 물론이야. 너는?"

"나도 잘 지내."

하지만 난 전혀 잘 지내지 못했어.

그와 헤어지고 난 뒤부터 되는 일이 없었거든.

잘 다니던 회사마저 부도나는 바람에

졸지에 실업자 신세가 됐지.

그날은 그 빌딩에 위치한 작은 회사로

면접을 보러 가는 길이었어.

"좋아 보이니 좋다."

실은 그가 좋아 보이니 기분이 좋지 않았어.

그에게 여자 친구가 생겼다는 소식은

이미 알고 있었거든.

'그 여자 어떤 점이 나보다 더 좋은 건데?'

진짜 하고 싶은 말은 이런 말이었는데…….

"여긴 무슨 일로 온 거야?"

그의 말에 난 어깨를 으쓱하며 대답했어.

"클라이언트 상담차 잠깐 들린 거야."

나의 거짓말에 그는 고개를 끄덕였지.

"나도 영업일로 들린 건데 홀수 층이라

저쪽 엘리베이터를 타야 해서……."

그는 한쪽 입술 끝을 올린 채 웃으며

오른쪽 손으로 자신의 목 뒷덜미를 긁적였어.

거짓말을 할 때면 무의식적으로 나오는 행동이라는 걸
난 알고 있었지.
생각해보니 그도 눈치챘을 거 같아, 나의 거짓말을.
내가 그런 것처럼.

"그럼 안녕."
우린 서로 인사를 했지.
그때의 '안녕'만은 진심이었어.
다신 만나지 말자는 안녕,
우연이라도 만나지 말았으면 하는 그런 안녕.
빤히 보이는 거짓말을 아무렇지 않게 하고
돌아선 날 차라리 다행이다 싶었어.
이별하던 그때엔
그 흔한 '안녕'이란 말만은 못했으니까.

'안녕'을 말하는 순간, 후련한 기분이 들었거든.

이제야 마침표를 찍은 듯한 느낌.

이젠 내 기억 속에서도 완전한 '안녕'을 해야지.

아주 가끔 생각나

그녀에게서 다시 연락이 온 건

헤어진 지 9개월 정도 지난 뒤였어.

그땐 이별의 아픔마저 희미해졌던 참이라

그녀의 전화가 좀 생뚱맞게 느껴졌지.

"저기 정말 미안한데. 새미 좀 만나면 안 될까?"

새미는 내가 키우던 강아지 이름이야.

우리 둘은 데이트할 때마다 새미와 함께했고

그녀는 유독 새미를 좋아했어.

그래도 강아지가 보고 싶다고 연락이 올지는

꿈에도 몰랐지.

"이기적이라 욕해도 할 수 없는데.

실은 나, 새미가 너무 보고 싶어서.

이런 내가 이해가 안 되지?"

조심스런 그녀의 말에

'응. 이해가 안 돼.'라고 단호하게 대답하려 했지만

결국엔 "내일 우리 집으로 와. 같이 밥 먹고 산책시키러
가자"고 해버렸어.
나도 왜 그렇게 말했는지 모르겠어.
그러는 그녀가 어이없고
좀 뻔뻔하다 느껴졌는데도 말이지.

이튿날 그녀는 우리 집에 왔어.
난 엄마가 보내준 밑반찬으로 소박한 밥상을 차렸고
그녀는 새미를 꼭 끌어안은 채 천천히 식사를 했어.
우린 아무 말도 하지 않았어.
간단한 안부를 나누는 것 외에 달리 할 말도 없었고.
난 입맛도 없었지만, 그녀는 정말 맛나게 밥을 먹으며
"실은 나, 너의 엄마 김치도 너무 먹고 싶었어."
이렇게 말하더라.
아무 일도 없었던 사람인 양 웃더니

머쓱한지 고개를 숙였지.

그리고 우린 예전처럼 새미와 함께 산책을 했어.

한 번도 다툰 적 없던 연인처럼

평화롭게 이야기도 나눴어.

물론 열의도 설렘도 없는 건조한 대화일 뿐이었지만.

아주 가끔 그 아이가 생각나.

그땐 전혀 이해되지 않던 그녀의 행동이

조금은 이해되기도 해.

나 역시 그녀와의 헤어짐이 아쉬웠다기보다는

함께 산책하던 공원의 풍경이,

소박한 식탁에서 음악을 들으며 식사하던 시간이

몹시 그립기도 하니까.

사랑하니까 좋은 건가봐

혼자 밥 먹고
혼자 영화 보고
혼자가 좋았던 때가 있었어.

영화 보는 것도 그래.
예컨대 내 친구는 액션 영화를 좋아하지만
난 달달한 로맨스 영화를 좋아하거든.
가위바위보를 해서 내가 좋아하는 영화를 봐도 전혀
기쁘지 않았어.
연신 하품을 해대는 친구가 옆자리에 있으니
멋진 장면이 나와도 설레기는커녕 맥부터 빠졌거든.

밥 먹는 것도 그래.
딴에는 좋은 델 가서 한턱내겠다고
맛집 검색해서 오랜 시간 줄 서서 들어갔는데

예상보다 맛이 없을 땐 어찌나 미안하던지.
내 돈 주고 사주고도 사과까지 하게 되더라고.

혼자 밥 먹고 영화 보고 여행도 다녀보니
그렇게 편하고 자유로울 수 없더라.
혼자족 전도사라도 되는 양
'혼자라서 참 좋다' 떠들고 다니기도 했어.

이랬던 나인데
그를 만나고부턴
'역시 둘이라 좋구나'로 마음이 바뀌었어.
취향이 다른 영화를 봐도
새로운 장르를 보니 참 신선하다 싶어졌고
긴 줄을 설 때도 함께 이야기 나누니
지루하지도 힘들지도 않았어.

혹여 음식 맛이 별로여도
같이 먹으니 됐다 싶기도 했고.

그래,
혼자라서 좋았던 게 아니라
둘이라서 더 좋았던 게 아니라
사랑하니까
그냥 사랑이라서 좋았던 거야.

아프고 애틋하게

우리 동네엔 작고 오래된 철물점이 하나 있어.

사실 말이 철물점이지 담배도 팔고

시골서 갖고 올라왔다는 시래기도 팔고

마늘이나 고추도 팔아.

가뜩이나 좁은 그 가게는 이런 것들 때문에

안에 들어가면 뭐가 어디에 있는지 알 수 없을 만큼

복잡하기 이를 데 없었지.

할머니는 미로와도 같은 그곳에서

뭘 말하든 곧바로 찾아줬어.

5밀리미터짜리 볼트도,

수도꼭지 고무패킹도,

4구짜리 멀티탭도.

원래 그 철물점은 할아버지가 사장이었어.

할머니도 곁에서 일을 돕긴 했지만

그건 할아버지가 잠깐 외출하실 때뿐이었지.

두 분은 어찌나 금실이 좋았던지 동네에서도 유명했고.

그런데 어느 날부터인가, 할아버지가 부지런히 가게를

손보기 시작하더래.

가게 안쪽 작은 방엔 전기온돌 패널을 깔고

한여름에도 낡은 선풍기만 틀던 가게에

에어컨도 새로 달고.

그러곤 딱 석 달 뒤 할아버지가 돌아가신 거야.

"날 여기 앉혀 놓으려고 그랬던 거야."

할머니는 오고가는 손님마다 붙들고

할아버지 이야길 해.

"얼마나 고약한 양반인지 몰라.

가게 물건 어디 있는지 뻔히 아는데도

자꾸 내게 알려주더라고. 여기 앉혀놓으려고."

한 번도 좋은 이야긴 하진 않아.
할아버지가 얼마나 나쁜 사람인지 모른다고,
날 여기 가둬놓고 혼자만 자유롭게 훨훨 가버렸다고,
여기 혼자 앉아 자기 생각만 하게 하려고 이것저것 다
고쳐놓고 간 것 좀 보라고,
음흉하기 짝이 없는 고약한 늙은이라고.

가끔씩 오는 손님마다 붙잡고 할아버지 흉을 보는데
왜 그 어떤 찬사보다 아름답게 들리는지.
그 어떤 사랑 고백보다 아프고 애틋하게 들리던지.

딱 하나 해서는 안 됐을 그 말

산에 오르다 맞닥뜨리는 모퉁이를 돌아

그곳에 좋은 게 있을지 나쁜 게 있을지 모르는 상태를

블라인드 포인트라고 한대.

그건 산을 오를 때만 있는 건 아닐 거야.

한 치 앞도 모르고 살아가는 모든 순간이 그럴 테니까.

변덕스런 그녀를 만났을 때

매 순간이 블라인드 포인트 같았지.

럭비공처럼 어디로 튈지 모르는 말이나 행동이

활력을 주고 기쁨이 되기도 했지만

예상할 수 없는 지점에서 토라져 버릴 땐

어찌해야 할지 몰랐어.

지금 생각해보면 그렇기 때문에

더 사랑했던 건지도 모르겠어.

언젠가 그녀를 잘 안다고 자신하던 때,

삐친 그녀를 달래주기 버거워졌던 난

한때 그녀가 어렵게 털어놓았던

아픈 가정사를 들먹였던 거야.

"네가 어렵게 자라서 그런지 정말 어쩔 수 없는 것 같다."

그녀는 할 말을 잃은 듯 아무 말도 하지 않았어.

그리고 며칠 뒤 내게 헤어지자며 이렇게 말하더라.

"차라리 화를 내지 그랬어."

너무도 차분한 목소리.

변덕스럽게 토라졌다가

다시 웃으며 화해하자 돌아서던 그녀의 모습은 없었어.

붙잡아보기도 했지만 돌이킬 순 없었어.

모든 말은 다 해도 됐지만

딱 하나 해서는 안 됐을 말이 바로 그거였거든.

그녀에 대해 잘 알게 됐다고 생각했는데

그래서 가장 아픈 상처를 건드리게 된 건지도 모르겠어.

어쩌면 이런 생각도 들어.
이별을 생각하며 일부러 판도라의 상자를 연 건지도 모르겠다고…….

용기 있는 탐험가

처음엔 이해가 안 됐어.

'하필 왜 저 사람이지?'

평범하다 못해 기억에 남지 않는 외모,

있는 듯 없는 듯한 조용한 성격,

무엇 하나 눈에 띄는 데가 없었거든.

심지어 다른 직원 일까지 군말 없이 떠맡곤 했는데

옆에서 보면 좀 답답한 스타일이었어.

그런데 회사에서 제일 인기 있는 언니가

그 남자와 결혼한다고 했을 때 다들 의아해했어.

나와 입사 동기였던 미경이 그리고 그 언니.

삼총사라 불릴 정도로 가깝게 지냈기에

대놓고 말하진 못했지만

사실 언니가 너무 아까웠어.

그러다 내가 회사를 그만두게 되면서

우린 한동안 연락이 끊겼지.

얼마 전 우연히 미경이를 다시 만나게 됐어.

그 언니의 소식도 듣게 됐지.

언니는 잘 지내고 있다더라.

그리고 직원들 사이에서 제일 존재감 없던 그 사람이,

승진도 빨라 회사에서 인정받고 있다는 거야.

또 누구보다 가정적인 남편으로 꼽히고 있다고…….

"그 언니가 사람 보는 안목이 있었던 걸까? 아니면 언니 때문에 바뀐 걸까?"

나의 말에 미경이가 이렇게 말했어.

"둘 다 아닐까? 사랑에 빠진 사람은 누구나 탐험가라고 하잖아. 아무도 모르는 장점을 발견하는 사람이라고. 그러니까 단점으로 보이던 성격이 그 언닐 만나면서 장점이 된 거 아닐까?"

동의할 수밖에 없었어.

사랑하는 사람은 용기 있는 탐험가가 될 수밖에 없어.

아무도 모르는 한 사람의 이면을 알아내는 탐험가.

문득 궂은 일을 도맡아 하던 그 사람이 생각났어.

그리고 옆에서 환하게 웃던 언니 얼굴도.

까다로운 감정들

한 드라마에서 여자 주인공은 이렇게 말해.
"당신을 사랑하지만 좋아하진 않아."
그 대사를 듣는 순간, 떠오르는 사람이 있었어.
그리고 그 사람을 꼭 닮았던 그때 그 집도.

처음으로 독립해서 집을 보러 다녔던 때였어.
중개인은 한 집을 보여주며 이렇게 말했지.
"여긴 가격은 좋은데 볕이 안 들어요."
그렇게 좋은 집은 아니었지만
내게 꼭 맞는 집이라 느껴졌어.
프리랜서로 일하던 시절이라 대개 늦게까지 일하고
아침에서야 잠이 들었거든.
볕이 안 들어도 상관없었어.
그 방은 비 오는 어두운 오후처럼
늘 쓸쓸한 곳이었어.

내겐 잘 맞았고 일하기엔 더없이 좋은 곳이라 여겼지.

가끔 해가 그리운 날엔

밖으로 나가 산책을 하면 됐으니까.

하지만 결론적으로 말하자면

그 집은 결코 좋은 곳이 아니었어.

몸이 안 좋거나 컨디션이 엉망인 날,

하필 일거리도 끊겨버려 빈둥댈 수밖에 없는 시간,

그 방에 있으면 더없이 쓸쓸하고 우울해졌거든.

기분전환을 위해 나갈 생각조차 할 수 없을 정도로

가라앉는 느낌만 들었지.

결국 난 볕 잘 드는 집으로 이사를 했어.

어두웠던 그 방을 떠나는 순간

아쉬움도 있었지만 '벗어났다'는 기쁨이 더 컸던 거 같아.

그 사람도 그랬어. 내게 잘 맞는 사람이라 여겼지.

객관적으로 봤을 때 썩 유쾌한 성격은 아니었어.

우울하고 말수가 적었고 가끔은 이해할 수 없을 정도로

변덕스럽기도 했고.

그래도 내게만은 사랑스러운 사람이었지.

그의 그늘진 면이 좋았거든.

밝은 성격인 내가 얼마든지 밝혀줄 수 있다고 믿기도

했고…….

하지만 내게 정말 힘들고 어려운 시기가 닥치자,

알게 됐어.

그는 누군가의 아픔을 위로하고 사랑을 표현하는 데

무척 서툰 사람이란 것을.

그를 사랑했지만 그런 그를 좋아할 수 없게 된 거야.

사랑하지만 좋아하지 않을 수 있고

좋아하지만 사랑하지 않을 수도 있나봐.

용감하게 덜컥 빠지기도 쉽지만

결국엔 너무도 까다로운 감정이 사랑이란 걸

하나씩 깨달아가던 시절의 이야기야.

반드시 정답

중학교 때 배웠어.

시험 볼 때

객관식 보기에

늘, 틀림없이, 반드시, 절대로

뭐 이런 단어가 들어간 건

대부분 오답이라고 말이지.

그런데 살다 보니

저 표현이 들어가면

대부분 틀리다는 거,

자연스레 알게 됐어.

'늘' 행복할 수도

'항상' 변치 않는 건 없다는 걸.

'절대로'란 말은

절대로 하지 말아야겠다는 것도.

'반드시' 돈을 벌 수 있다고 광고하거나
'반드시' 성공한다고 장담하는 것치고
진실된 건 별로 없다는 것도.

그럼에도 불구하고
난 그 사람의 말을
그 사랑을 믿을 수밖에 없어.
그 사람만은
'늘' 변치 않을 거라고
'항상' 내 곁에 있을 거라고
'반드시' 우리 사랑은 영원할 거라고
이 모든 것은 '절대로' '틀림없을' 거라고.

오답일지도 모를 그의 말이지만
이번만은

'반드시' 정답일 거라고

난 또 이렇게 동그라미를 치게 돼.

2부

아주 작은 돌멩이에 지나지 않았을 거야,
그때의 고민들은

호수의 비밀

친구와 난

꽝꽝 언 호수 위로 돌멩이를 던지기 시작했어.

얼음에선 맑은 소리가 울렸지.

그해 겨울방학,

돌을 던지는 일은 우리의 일상이 되었어.

돌멩이는 언 호수 위로 쌓이기만 했어.

"봄이 되면 다 물속으로 들어가겠지."

친구의 당연한 말이 이상하게도 거짓말 같았어.

그해 겨울은 너무 추워서 그런지

봄이 온다는 게 도무지 믿기지 않았거든.

방학이 끝나면서

돌멩이의 시간을 까맣게 잊고 말았어.

절대 오지 않을 것 같던 봄이 오고 나서야

문득 호수가 생각나더라.

우리 둘은 호수를 찾아갔어.

당연하지만 돌멩이들은 자취도 없이 사라졌지.

호수는 푸르러진 산 그림자를 담은 채

잔물결을 찰랑거리고 있었어.

그새 마침 빗방울이 떨어졌어.

비꽃이라고 하잖아.

본격적으로 내리기 전 꽃송이처럼 후두득 떨어지는 비.

우린 책가방을 쓰고 뒤돌아 뛰며 웃음을 터트렸어.

아마 작은 돌멩이에 지나지 않았을 거야,

그때의 고민들은.

제아무리 쌓인다 하더라도 어느 순간

흔적도 없이 사라져버릴 수도 있다는 것을,

아마도 우린 깨달았던 거 같아.

네가 원했던 그 일

그동안 난,

'그를 다시 만나게 된다면 무슨 말을 할까?'

이런 걱정은 안 했던 거 같아.

그저 최소한의 준비된 상태이기만을 바랐지.

완벽한 다이어트의 끝은 아니너라도

옷이나 화장이라도 제대로 된 상태였으면 했어.

그게 기준이라면 재회의 순간이

그리 나빴던 건 아니었던 것 같다.

복도 저 끝에서

누군가와 통화 중인

그가 내 쪽을 향해 걸어오고 있었어.

그는 특유의 손동작을 하며 크게 웃기도 했지.

날 못 알아본다면 못 본 척 지나가버릴까, 싶었는데

그가 내 이름을 부르더라.

처음 봤던 스물셋인 내게,

스물다섯 그가 그랬던 것처럼.

그저 알고 지내던 오빠처럼 말이지.

"잘 지내지? 몸은 건강하고?"

난 고개를 끄덕였어.

그러다 그는 이제 막 뭔가 기억난 사람처럼 물었어.

"참, 그때 말이야. 네가 원했던 그 일, 하면서 살고 있는

거지?"

순간 난 그게 무슨 말인지 몰랐지만

그렇다고 대답했어.

그는 환하게 웃더니 서둘러 자기 갈 길 가더라.

시시했어.

이렇게나 시시할 수 있다는 게 무척 기분 나빴어.

굉장히 손해본 것 같았지.

난 아직도 그와 헤어졌던 그 자리,

한 발짝도 못 간 데서 멈춰 살아왔던 것 같은데,

그는 이미 다른 곳으로 훌쩍 떠나가버린 것 같았거든.

그러다 이 밤 문득 궁금해졌어.

그때 내가 원했다던 그 일

실은 아무리 기억해보려 해도 기억나지 않아.

그건 과연 어떤 것이었을까…….

못하는 게 당연한 거야

어렸을 때 난 그림을 정말 못 그렸어.

미술 시간은 늘 고역이었지.

다른 아이들이 쓱쓱 밑그림을 그리기 시작하면

난 크레파스를 한 손에 꼭 쥔 채

짝꿍을 물끄러미 바라볼 뿐이었어.

미술 시간이 끝나갈 때 즈음에야

엉성하기 짝이 없는 그림 한 장을 겨우 제출했고.

결국 엄마는 미대 다니는 동네 언니네 집에서 그림을

배우라며 내 등을 떠밀었어.

"넌 그림 그리는 게 재미없어?"

그 언니 물음에 난 고개를 끄덕였지.

"왜?"

"못 그리니까요."

그러자 언니는 주근깨 난 콧잔등을 찡그리며 말했어.

"넌 태어난 지 10년밖에 안 됐으니 못 그리는 게 당연해. 난 중학교 때부터 10년 동안 그렸는데 아직도 잘 못 그리는걸. 아무렇게나 그려. 그래도 괜찮아."

그러곤 내게 신문지를 주더니, 낙서를 하라고 했어.

글씨와 사진이 빼곡한 시커먼 신문지 위에

색색깔의 크레파스로 아무렇게나 그리는 건

전혀 부담스럽지 않았지.

귀여운 여자아이를 그렸던 거 같아.

못 그려도 티도 잘 나지 않으니 맘 편히 그렸어.

언니는 그렇게 신문지 위에, 혹은 김 서린 유리창 위에 그려보라고 했어.

가끔은 놀이터 모래 위에 나뭇가지로 같이 그림을 그리기도 했고.

강아지인지 고양이인지 구별이 되지 않아도

물고기처럼 보이기도 새처럼 보이기도 하는

정체불명의 그림도 즐거운 낙서가 되자 재밌게 느껴지더라.

실력은 나아지지 않았지만 놀랍게도 학교 미술 시간이 즐거워졌어.

그러다 꽤 잘 그릴 수 있게 됐다는 걸 깨달을 즈음

이사를 하게 되면서 그 언니와의 과외도 끝나버렸어.

지금도 정말 하기 싫거나 서툰 일을 해야 할 때면

그 언니의 말을 떠올려보곤 해.

낙서처럼 심심풀이 삼아 시작해보자고

못하는 건 당연하니 주눅들 필요 없다고.

그리고 나 자신에게 이렇게 말해.

"괜찮아, 못하는 게 당연한 거야. 괜찮아, 괜찮다고……."

일단 시작하는 데서부터

어린 시절, 내가 꿈꾸던 집은 이랬어.

작은 호수가 있는 숲속 외딴집이거나

모험을 떠나기 좋을 것만 같은 나무 위 작은 집.

물론 지금은 그냥 내 집이나 있었으면 좋겠다 싶지.

그런데 그냥 집도 아닌 궁전을 혼자 지은 사람이 있대.

19세기 말, 프랑스의 작은 마을에 살았던

우편배달부 페르디낭 슈발의 이야기지.

그는 궁전이나 탑을 상상하는 걸 무척 좋아했대.

직접 구경가고도 싶었지만

가난한 형편에 그럴 수도 없었지.

그는 매일 하루 30킬로미터를 걸으며

편지 봉투에 붙어 있는 우표 속 다른 나라를 상상했대.

그의 나이 마흔세 살 되던 해,

특이한 돌멩이 하나를 길에서 주운 거야.

그걸 보다 문득 이런 생각을 했대.

'차라리 내가 직접 지어보자, 나만의 궁전을⋯⋯.'

그날부터 그는 궁전 지을 돌을 모으기 시작했어.

그렇게 묵묵히 돌을 모은 지 25년이 되던 해,

드디어 궁전을 짓기 시작한 거야.

그리고 일흔여섯이 되던 날, 그의 궁전이 완성됐지.

혼자 지었다곤 도저히 믿을 수 없을 만큼 규모도 컸지만

너무도 아름다웠어.

기존 건축 양식에선 찾을 수 없는

독특한 개성까지 어우러져,

볼수록 감탄할 수밖에 없는,

그런 궁전이 탄생한 거야.

이후 문화재로 지정되어 많은 관광객이 찾는

명소가 되었대.

하지만 그런 건 그에게 그리 중요하지 않았을 거 같아.
상상 속의 성을 만들어냈다는 사실만으로도
충분하다 여겼을 테니까.

나이가 많다고
형편이 어렵다고
배움이 부족하다고
꿈을 포기해선 안 된다는 걸
그는 보여주고 있는 것 같아.
그리고 꿈이란,
일단 시작하는 데서부터 이뤄지는 거라고,
비록 그것이 돌멩이를 모으는 일일지라도 말이야.

새로운 시간을 들여놓는 일

'뭐가 되고 싶어?'

'네 꿈이 뭐야?'

어렸을 땐 어른들이 왜 이런 질문을 하는지

이해가 안 됐어.

지난해와 올해의 내 꿈이 달라진 것조차

기억 못 하는 어른들이,

'그런 건 돈을 벌 수 없단다.'

'더 큰 꿈을 꾸어야지.'

이렇게 평가하는 건 더 싫었지.

하지만 이번 연휴 기간 동안

어린 조카들에게 나 또한 꿈에 대해 자꾸 묻게 되더라.

꿈이 중요하다는 걸

알게 됐기 때문일 거야.

그럼에도 어른이 되고 부턴

누구도 서로에게 꿈에 대해 묻지 않아.

이루어질 수 없는 꿈이란 고통이 되기도 한다는 것을

알게 됐기 때문이겠지.

하지만 이번에 난 또 새로운 사실을 알게 됐어.

그동안 어머니가 자전거를 배워왔다는 거야.

아버진 그림을 그리기 시작했고.

자전거 선수가 되고 싶어서,

화가가 되기 위해 시작한 건 아니었을 거야.

일상에 자전거를 타고

그림을 그리는 시간을 들여놓는 일.

그런 꿈을 꾸는 것부터가 시작이었을 테지.

왜 그동안 스스로에게 꿈에 대해 묻지 않았을까.

꿈을 꾸는 것을

어린이나 청춘만의 특권이라고 생각했을까.

새로운 꿈을 꾸어야겠어.

크다 작다 재단하지 말고

내 일상에 새로운 시간을 들여놓는 일부터

시작하는 거야.

이날도 곧 지나가요

예전 이곳은 허허벌판이었어.
믿기지 않겠지만 드문드문 밭도 있었고
난데없어 보일 정도로
높은 빌딩 몇 개가 우뚝 솟아 있었지.
넌 그중 한 빌딩에 있는 사무실에서
첫 직장 일을 시작했어.

당시 그 풍경은,
처음 사회에 발 디딘 내 맘속 같았어.
텅 비어 있었고
스스로에 대한 자괴감이 불쑥불쑥 솟곤 했거든.
상사의 한숨과 한심해하는 표정,
인신공격에 가까운 잔소리에 시달리다가
늦은 저녁을 먹기 위해 들렀던
포장마차 아줌마는 가끔 내게 이런 말을 했어.

"걱정 말아요. 이날도 곧 지나가요."
왜 그런 말을 하나, 싶었지.

그런데 우연히 한 식당에서 합석했던
한 아이 덕분에 알게 됐어.
엘리베이터에서 가끔 마주치던 그 여자아이는
나 같은 신입이 분명해 보였어.
밥 한 숟가락, 반찬 한 젓가락 먹을 때마다
한숨을 쉬더라고.
문득 그녀에게 이렇게 말해주고 싶었지.
걱정 말아요. 이날도 곧 지나가요, 라고.

모든 것이 서툴고
너무 쉽게 상처받고
그래서 모든 게 표정으로 다 드러나던 시절.

지금은 빌딩 숲이 되어

예전의 황량했던 모습은 찾을 수 없지만

이곳을 지날 때면

그때의 일이,

그때의 내가 너무 생생하게 기억나.

너무 절실해지지는 말자

네 잎 클로버를 찾아본 사람은 알 거야.
한 번이라도 네 잎 클로버를 발견한 사람은
그다음부턴
훨씬 더 잘 찾게 된다는 걸.

원래부터 그 자리에 있던 건데,
왜 누구 눈엔 띄지 않고
누구 눈엔 그리도 잘 보이는 건지.

어린 시절 보물찾기를 할 때도 그랬어.
돌 틈이나 나무 밑동 뒤에서
보물찾기 쪽지를 발견한 친구들은
이상하게도 연이어 몇 개씩 발견하지만
하나도 못 찾은 친구는
끝까지 단 한 개도 찾지 못한 채

시간이 지나가버리곤 했어.

공통점이 있는 거 같아.
어떻게든 한 개라도 발견하면
그 뒤엔 조금 더 쉬워진다는.
느긋한 마음 때문 아닐까?
한 번 발견했으니
두 번째는 그리 절실하지 않았을 거야.
욕심 없는 마음 때문에
쉽사리 눈에 띄었던 건 아니었을까.

절실해서 찾아지는 것도 있지만
그런 마음이 오히려 눈을 어둡게 만들기도 하는 것 같아.
그래서 나의 간절했던 마음,
조금은 담대하게 비워두려고.

찾고자 하는 마음은 그대로 두되
너무 절실해지지는 말자.
그렇게 마음먹게 되는 밤이야.
너를 향한 나의 마음도.

버겁고 힘들어도
힘내지 않기로

반딧불이를 볼 수 있다는 말에
우리 셋은 어두운 밤길을 손전등 불빛에 의지한 채 묵
묵히 걸었어.
포장되지 않은 길엔 어쩐지 허방이 있을 것만 같았지,
마치 우리의 이십 대처럼.
발밑을 살피느라 우린 좀처럼 속도를 낼 수 없었어.
앞서 걷던 경미가 한마디 했어.
"실은 나 남자친구와 헤어졌어. 정확히는 내가 차였지. 얼
마 전 백일이라고 자랑했는데 창피해서 말을 못 했어."
경미의 갑작스러운 고백에 당황스러웠지만 한여름 밤
의 어둠은 그런 건 상관없다 말하는 것 같았어.
"잘했어. 걔 진짜 별로였어."
은주가 무심한 듯한 마디 했어.
"나 2차에서 떨어졌단 말, 실은 거짓말이야. 1차부터 낙
방이었어."

취준생이던 은주가 뒤이어 말했어.

난데없는 고백 타임이 되어버렸지.

난 남자친구와도 그럭저럭 잘 만나고 있었고 취업도 무난하게 한 셈이었지만 너무 힘들었어.

마음이 다 닳아버릴 것 같아

어떤 아침엔 눈 뜨는 것도 싫었지.

"난 힘들어, 그냥. 너무 힘들어. 힘이 하나도 없어."

결국 그 말밖엔 할 수 없었어.

그러자 경미가 이렇게 말했어.

"너무 힘내려고 노력하지 마."

은주도 말했어.

"그래. 우리 힘내지 말자."

우린 힘내지 않기로 했지.

남자친구와 헤어져도, 번번이 실패해도

그냥 젊음이 버겁고 힘들어도

힘내지 않기로.

그냥 이렇게 서로가 서로에게 있어주기로.

"반딧불이다!"

누군가의 말에 우린 고개를 들었어.

그치만 우리 모두 동시에 '애걔!'라고 소리치고 말았지.

기대했던 빛의 향연과는 너무 달랐지만

그래도 좋았어.

반딧불이잖아!

좀 더 잘 헤어질 수 있겠지

유도가 흥미롭다고 생각한 건
낙법을 먼저 배운다는 점 때문이야.
제대로 넘어지는 법을 배우기 전까진
상대를 메치는 법을 가르쳐주지 않는다는 거.
성공보다 실패를 먼저 가르쳐준다는 게 많은 걸 생각하
게 해.

낙법에서 제일 중요한 건
자신이 쓰러지고 있다는 걸 최대한 빨리 깨닫는 거래.
이제 나는 내동댕이쳐지겠구나,
그러니 버티려들지 말자.
상황을 받아들이자.
몸에 힘을 빼 바닥과 몸에 접점이 많아지게 하는 게
차라리 더 안전해진다는 걸 알아야 한다는 거지.

사랑하는 것보다 이별에 대해 먼저 알았더라면,

그래서 이별의 신호를 재빨리 깨달았더라면,

난 좀 덜 상처받았을까.

근데 아무리 생각해봐도

앞으로도 영영 깨닫지 못할 거란 생각이 들어.

이렇게 헤어질 줄 알았다면 그 사랑, 시작하지도 않았

을 테니까…….

그래, 설령 이별을 떠올렸다 해도

애써 지웠을 거야.

그리고 무수했던 이별의 신호 또한

부정하려 들게 분명해.

이별을 맞이한 지금 이 순간,

이런 생각이 들어.

그래, 이왕 넘어져버렸으니 쉬었다라도 가자.

손바닥으로 탁탁 바닥이라도 두드려

경쾌한 소리라도 내보자.

몸을 둥글게 말아 바닥을 구르듯

마음도 둥글게 말아 더 이상 마음 찌르는 자책은 말자.

그러다 보면 바닥에서 일어서겠지.

어설프게든 낙법 한 번 배웠으니

다음엔 어쩌면

좀 더 잘 헤어질 수 있겠지.

미끄러져 넘어진다 해도

빙판길에서 넘어지지 않고 걷기 위해선
조금씩 미끄러지며 걸으라더라.
안 넘어지려고
잔뜩 힘주고 걷다 넘어지면
오히려 더 크게 다칠 수 있다고.
한쪽 발로 슬슬 얼음을 치듯 걷는 게 오히려 낫다고.

그러고 보니
난 지나치게 긴장하며 빙판길을 걸었던 사람 같아.
지난 사랑에 너무 크게 데이다보니
누굴 만나든 철벽을 치고 마음을 닫았거든.

그런데 이런 내가
한순간 마음을 연 사람은
이제 와보니

정말 만나지 말았어야 할 사람,

서로에게 상처가 될 그런 사람이었던 거야.

인생이 혼쭐 난 것만 같은 그런 사랑과

이별하고 나니

난 또 단추를 목 끝까지 채운 사람처럼 굴게 되더라.

혹여 이런 사랑 반복될까,

두려운 마음이 드니까.

편한 사람으로 만나는 관계마저

지나치게 긴장하고 있는 것 같아.

잔뜩 긴장한 채 빙판길을 걷는 사람처럼 말이야.

누군가의 열어놓은 마음에

슬쩍 썸 타보기도 하고

단추 하나 정도는 풀어

내 마음도 조금씩 보여주고 그랬어야 했는데…….

그렇게 한다면

두렵게만 느껴지던 관계의 빙판길도

조금은 즐겁게 걷게 되지 않을까.

혹여 미끄러져 넘어진다 해도

하하 웃으며 엉덩이 털고 일어날 수 있지 않을까.

밤섬을 보고 싶어

지방에 살던 사촌 동생이 서울에 오게 됐어.
동생은 요리사가 되고 싶다며
대학교에 입학한 지
2년 만에 자퇴를 하고
요리 학원에 다니며 자격증도 따고
음식점 허드렛일도 마다 않고 열심히 배웠어.
그리고는 야심차게 식당 문을 열었지.
결국 잘 안 됐어.

경제적 타격도 컸지만 본인은 물론이고
외숙모의 실망도 이만저만이 아니었지.
그러다 한 일식집에 취업이 됐다면서
다시 서울에 오게 된 거야.
온 김에 구경도 시켜줄 겸 어디 가고 싶냐고 물었더니
대뜸 "밤섬을 보고 싶어"라고 하는 거야.

"거긴 왜?"라고 물었지.

동생은 시무룩한 표정으로 "그냥"이라고 대답했어.

어쨌든 난 인터넷으로 밤섬 가는 법을 찾기도 하고

나름 공부도 해봤어.

그러는 사이, 밤섬이란 곳이 참 특별한 곳이구나 싶더라.

한때 행정구역은 마포구 율도동이었고,

꽤 많은 사람들이 살던 곳이었대.

그러다 1960년대 여의도를 개발하면서

골재를 채취하기 위해

밤섬 마을 사람들을 모두 이주시키고

단단한 암반으로 이뤄졌던 그 섬을 폭파시켰다는 거야.

거기서 나온 바위와 토사는

모두 여의도 공사 현장에 부어졌고

그 여파로 밤섬은 아무것도 없는 황량한 무인도가 되어

버렸지.

그러나 시간이 지나면서 놀라운 일이 벌어지게 돼.

수목이 우거지고 새들이 서식하면서 퇴적물이 쌓여

옛 밤섬만큼 커진 건 물론이고

세계적으로 찾기 힘든 대도시 한 가운데의 습지이자 철

새 도래지가 된 거지.

차가운 강바람을 맞으며 밤섬을 바라보던 동생은 이렇

게 말하더라.

"결국엔 말이야, 누나."

뜸을 들이더니 이렇게 말을 이었어.

"그저 당하기만 하고 묵묵히 강물 위에 떠 있는 것 같겠

지만 끊임없이 준비하고 애썼을 거야. 섬으로서의 자신

의 삶을 유지하기 위해서. 그러니 저렇게 회복할 수 있

었던 거 아닐까. 나도 저렇게 울창해질 수 있을까. 그래

서 저 많은 철새들도 품을 수 있게 되지 않을까."

그제야 난 왜 사촌동생이 밤섬을 보자고 했는지 조금은

알 것 같았어.

그래, 너로서의 인생을 살아가.

누구를 위한 것도 아닌 그냥 너의 삶을, 그래서 꼭 울창

해지기를.

더 나빠질 건 없어

내가 달리는 이유는 살을 빼기 위해서였어.

게으른 자신을 이겨내자,

꽤나 비장한 마음을 품었지.

며칠, 나와 비슷한 시간대에

비슷한 코스로 달리는 아이가 있었어.

좀 통통해 보여서 나처럼 다이어트를 하려나 보다, 싶
었지.

"언니, 시간 좀 봐줄래요?"

며칠 새 낯이 익었다고

아이는 스스럼없이 다가와 스톱워치를 주며 말했어.

아이는 열한 살이라고 했어.

얼굴은 빨갛게 달아올라 있었고 옷은 땀으로 흠뻑 젖어

있었지.

아이는 100미터쯤 떨어진 곳까지

뛰어가더니 내가 손을 흔들자 전속력으로 달렸어.

"얼마나 걸렸어요?"

숨을 헐떡이며 내게 다가왔어.

초시계를 보여주자 아이 얼굴엔 실망스러운 표정이 가득했어.

"시험 보니?"

"달리기 시합이 있거든요. 꼭 이기고 싶어요."

그 아이를 길가에서 우연히 다시 만났어.

"언닌 시합에서 이겼어요?"

그 아이는 나도 경기에 나가느라 달린다고 생각했던 모양이더라.

다이어트에 실패한 난 고개를 흔들었지.

"졌어. 넌?"

아이는 밝은 표정으로 이렇게 말했어.

"이겼죠! 꼴찌는 안 했거든요."

거창한 승리보다
꼴찌만 안 해도 된다,
이런 마음.
혹여 꼴찌를 한다 해도 다음엔 더 나빠질 게 없잖아,
이런 생각.
요즘 내게 가장 필요한 마음인 거 같아.

길가에 두고 온 것

버스가 고장 났으니

내려서 다음 버스를 기다리라고 하더라.

거기서 우리 집까진 대여섯 정류장만 걸으면 됐어.

여름이었지만 해질 무렵인데다가 그날따라 바람도 꽤

선선한 편이어서 난 걸어가기로 했지.

"같이 가요."

교복을 입은 소녀가 따라오더니 말을 걸었어.

낯이 익더라.

가끔 옷을 맡기던 세탁소 집 딸이었지.

"실은 저, 좀 화나는 일이 있었거든요."

소녀는 불쑥 말을 걸었어. 뒷말을 기다렸지만 그걸로

끝이었지. 터덜터덜 걸었어.

나도 한참을 걷다가 문득 회사에서 있었던 일이 떠올랐어.

그래 문득 떠오른 건 아니야. 일주일 넘게 머릿속을 맴

돌고 있었지.

"나도 좀 억울한 일이 있었는데……."

설명하려니 또다시 싫은 얼굴들, 자존심 상했던 말들이 떠오르니 싫어지더라. 그래서 더 이상 말을 이을 수가 없었어.

그렇게 걸었어. 아무 말도 없이.

차가 우리 곁을 씽씽 지나갔지만, 우리 둘의 발자국 소리가 더 크게 들렸어.

소녀는 가끔 작은 돌멩이를 툭툭 차며 걸었어.

"저는요. 패배자가 아니에요."

아이가 말했어.

"패배자라니. 누가 그런 소릴 해."

난 화를 내며 말했어.

소녀는 조금 천천히 걸었고

나도 그 보폭에 맞춰 걸었지.

"나 바보같아."

그 말이 내 입에서 나오더라.

"그렇지 않아요. 그건 누구든 다 알걸요."

새침하게 소녀가 대답하자,

갑자기 든든한 마음이 됐어.

"다 왔네요."

이제는 어둠이 내린 동네.

환한 간판등을 밝히고 있는 세탁소를 바라보며 후련한

듯 말했어.

난 소녀를 향해 손을 흔들었어. 아이는 활짝 웃었지.

그때의 고민은 그날 이후 사라졌어.

실은 구체적으로 어떤 고민이었는지 기억도 잘 안 나.

길가를 구르던 돌멩이처럼 발소리만 들리던 그 길가에

그렇게 남겨두고 온 거겠지.

빈손 만들기

생각해보면 내 삶의 방향을 크게 바뀌게 한 건
무언가를 포기하고 돌아섰던 시점이 아니었나 싶어.

지지부진했던 사랑을 포기했던 일도 그래.
물론 그땐 힘들었어.
더 이상 사랑하지 못할 거란 생각도 들었거든.
그 사람이 내 인생의 마지막 사랑이지 않을까,
내가 더 노력하면 이 사랑이 바뀌지 않을까,
그런 생각이 자꾸 발목을 잡았어.
하지만 그 사랑을 포기했기에
지금의 사랑도 시작할 수 있었던 거잖아.

부당한 대우를 받으면서도
원래 직장 생활이란 이런 거겠지 싶어 견디던 시절도
있었어.

주위 사람들의 조언도 날 망설이게 했지.

'다들 그러고 산다'

'여길 그만둔다고 더 좋은 델 들어갈 수 있겠냐'고.

하지만 직장 하나 마음대로 선택하지 못하면서

내 인생 내 마음대로 살아갈 수 있겠나 싶더라.

당시엔 꽤 과감하게 사표를 냈어.

그때 그만두지 않았다면

지금의 진짜 내 일도 시작하지 못했겠지.

손에 꽉 쥐고 있다고 해서 그게 다 소중한 건 아니잖아.

의외로 별거 아닌 경우가 많지.

길가에서 주운 돌멩이나

떨어져 나간 셔츠 단추처럼.

꼭 쥐고 있으니 중요하게 보였을 뿐이야.

새로운 삶을 시작하고 싶다면

제일 먼저 손에 꽉 쥐고 있는 그것이

진짜 내게 필요한 것인지,

손을 펼쳐 확인해보는 것부터 시작해야 할 거 같아.

버려야 할 거라면 과감히 버리는 것.

그건 포기가 아니라

새로운 선택을 위한 '빈손' 만들기일 테니까.

근사하게 포장된 이유

그해 여름휴가는 정말 특별했어,

내 기억 속엔 말이야.

해변가에서 엄마와 난

정말 많은 조개를 캤지.

집으로 가지고 와서

조개탕, 해물 국수도 끓여 먹고 구워 먹기도 했어.

오후엔 내내 물놀이도 했지.

튜브를 탄 채 바다 위를 둥실 떠다니며

유유히 날아다니는 갈매기를 올려다봤어.

아, 참 편안하다, 느꼈던 그 기분.

정말이지 지금도 생생해.

맑은 하늘과 하얀 뭉게구름도.

그런데 얼마 전 찾은 어린 시절 일기장엔

이런 내 기억과는 너무 상반된 내용이 쓰여 있는 거야.

날은 잠깐 좋았을 뿐 내내 흐렸고
오후엔 비가 내리는 바람에
물놀이도 오래 할 수 없었더라고.
막상 갯벌엔 조개가 별로 없어서
인근 수산시장에 들러 사왔다는 내용도 있었지.
내가 먹었던 조개들은 시장에서 샀던 거야.

내 기억은 왜 이토록 근사하게 포장되었을까.
시간이 지나면서 왜곡되고 과장됐겠지.
지금에 와서는 그 기억을 '진짜'라 믿고.

이런 생각이 들더라.
어차피 불확실한 게 기억이라면
내가 붙들고 있는 나쁜 기억들 역시
붙들고 있을 필요 없을 텐데.

날 괴롭히는 기억들도 어쩌면 아무것도 아닌,

별거 아닌 경험이었을지 모르는데…….

좋은 기억을 과장하고 아름답게 포장한 것처럼

나쁜 기억들 역시

내가 괜히 더 나쁘게 부풀렸던 건 아니었을까.

놀라운 능력

내가 일곱 살이나 되었을까,

아무튼 그즈음 있었던 일이야.

우리 동네엔 산이 하나 있었어.

약수터가 있고 운동기구도 설치되어 있었지.

동네 사람들에게 그 산은 산책로와 같았어.

야트막했고 다니는 사람도 무척 많았거든.

거기서 마주치게 된 거야,

원숭이를······.

원숭이와 난, 작은 오솔길에서 딱 마주쳤어.

난 너무 놀라 우뚝 멈춰서고 말았지.

그건 원숭이도 마찬가지였어.

서로의 두 눈을 말끄러미 마주보며 서 있었어.

그렇게 가까이, 철조망도 없이 마주한 건

난생처음이었지.

난 원숭이에게 "안녕!"이라고 인사 했어.

그러자 탐색하듯 나를 살피던 원숭이도 인사를 했지.

"안녕! 길 좀 비켜줄래?"

믿기지 않겠지만, 난 그때 원숭이의 말을 들었고 살짝 길을 비켜주었어.

원숭이는 쏜살같이 달려갔고 곧 사라져버렸지.

집에 와서 가족들에게 그날 일을 이야기했지만 아무도 믿어주질 않았어.

원숭이가 말을 했다는 대목에선

뜻하지 않게 큰 웃음마저 선사해주었지.

하지만 며칠 뒤,

동물원에서 탈출한 원숭이가 우리 동네 인근에서 잡혔다는 뉴스가 나왔어.

이걸 본 가족들은

내가 원숭이를 봤을 수도 있지만

말을 했다는 건 나만의 착각이었을 거라고

너무 더운 날이었고 또 순간 놀랐으니 헛것을 들은 걸로 결론이 났지.

그러고 보니 그런 것 같다고 어느 순간 나도 수긍하게 됐고.

그런데 며칠 전, 길고양이와 대화하는 꼬마 아이를 봤어.

"다리 아파? 다른 친구가 네 다리 꽉 물었다고? 내가 혼내줄까? 괜찮다고?"

흐뭇하게 바라보다가

아, 어쩌면 그때 난 원숭이의 말을 진짜 들었던 거 아니었을까, 싶었어.

고양이와 이야기 나누는 꼬마처럼.

난 너무 오랫동안 잊고 살아왔던 거 같아,

그 놀라웠던 능력을.

시간이 건네는 이야기

한 작가는 이렇게 말했어.
지하철역에서 걸어서 10분이라고 하지 않고
좋아하는 노래 3곡 들을 정도의 거리라고 말한다고.
그러면 그 거리가 훨씬 더 사랑스럽게 느껴진다고.

'책 30페이지 읽는 동안 너를 기다렸다'고 말하면
너는 조금 덜 미안해하지 않을까.
그리고 기다렸던 그 시간이 내게도
의미 있게 느껴질 것만 같아.

옛 어른들은 시계 없이도
하루의 시간을 알 수 있었잖아.
그건 대개 지금은 무엇을 할 때라는 거였지.

그러니까 내게는 이런 것.

우리 동네 공원 가로등이

이 끝에서 저 끝까지 순차적으로 켜지면

설거지를 마친 엄마가

라디오에서 흘러나오는 노래를 따라 부르며

소파에 가만 기대어 앉는 시간.

바게트 가게 간판에 불이 들어올 때면

길 건너 상가에 노란 학원 차가 서고,

우르르 내린 아이들이 건물 안으로 들어가는 시간이지.

그러한 것들로 시간을 가늠해보니

이 밤,

오늘 하루가 나를 향해

기쁘게 손 흔들며 인사하고 가는 것만 같아.

가만히 귀 기울여봐

이런 이야기가 있어.

아담과 하와는 에덴동산에서

해와 달, 그리고 별들의 음악 소리를 들었대.

하지만 뱀의 유혹에 굴복한 후부턴

천체들의 음악 소리를 더 이상 들을 수 없게 되고

음산한 정적만이 가득 채워진 거야.

침묵에 못 견딘 인간들은 할 수 없이

음악을 발명하게 된 거라고.

그런데 난 왜

별들의 음악 소리를 들었던 것만 같지?

별들이 쏟아지던

할머니 집 평상에 누워

슬며시 잠에 빠져들었거든.

분명 내 귀엔 달콤한 노랫소리가 들렸어.

그래,

어쩌면 그건 할머니의 자장가 소리일 수도 있을 거야.

차도 없고

돈도 없어

뚜벅뚜벅 걷는 것이 데이트의 전부였던 시절,

밤 깊은 공원 벤치에 앉았던 그때도 그랬어.

가만가만 들려오던

서로의 숨소리마저 좋았던 그때,

어디선가 들려오던 허밍 소리.

별들이 내던 소리가 아니었을까?

별들이 낸 음악 소리가 아니었대도 상관없어.

아마 그것과 가장 가까운 소리였을 거야.

그렇지 않고서야 그렇게 아름답고 완벽할 수 없잖아.

가만히 귀 기울여봐.

나누는 즐거움

시장 입구에 채소 파는 할머니가 있어.
어떤 날은 강낭콩을 한 바가지 담아 팔기도 하고
또 어떤 날은 깻잎이나 무우를 팔기도 했지.
집 앞 텃밭에서 직접 가꾼 거라고 하는데
팔만한 채소가 없을 땐
손주 녀석들이 다 커서 이젠 필요치 않아졌다며
낡은 동화책이나 장난감을 팔기도 했어.

며칠 전 난 좀 이색적인 광경을 목격했어.
그날은 아침부터 정말 푹푹 쪘거든.
할머닌 상추를 팔고 있었는데
날이 너무 더워서 그런지 아직 오전이었는데
상춧잎은 시들해 보였어.
그늘에 앉아 반쯤은 녹아버린 얼려온 물병을 얼굴에
갖다 대며 물을 드시곤 했는데

더위가 가시지 않는지 주름진 할머니 이마엔
땀이 송글송글 맺혀 있었어.

마침 지나가던 아저씨가 그 할머니에게 다가가더니
상추를 전부 다 사겠다고 하는 거야.
그러자 할머닌 "다는 안 팔아." 그러는 거야.
아저씬 황당하다는 표정으로 왜 그러냐고 물었어.
"왜긴, 왜야. 벌써부터 다 팔면 일찌감치 집으로 들어가
야 하는데 그러면 사람들이 걱정한단 말이야. 세탁소
할매도 올 테고 일부러 여기까지 올 손님도 있는데 그
럼 안되지."

그 아저씬 더위에 고생하는 할머니를 위한 선의였던 것
같았는데…….
어쨌든 그 뒤부턴 그 할머니도,

또 할머니가 파는 물건도 모두

예사롭게 보이지 않더라.

그 할머닌

단골들과 함께하는 시간을,

소박한 추억을,

매일 그렇게 나누러 오는 거라는 걸 알게 됐으니까.

그때의 시간이, 그곳이

내가 아홉 살 때 엄마가 입원하게 됐어.

어떤 병인지 알 수 없었다는 게 가장 큰 문제였지.

검사를 받고 치료를 받는 동안 아빠는 일하면서 엄마도
보살펴야 했어.

결국 난 시골 외할머니 댁에 보내져야 했지.

초등학교 2학년밖에 되지 않았지만

심각한 집안 분위기에 눌려

가지 않겠다고 떼쓰지도 못했어.

그렇게 가을, 겨울을 시골에서 보내며

그곳의 작은 분교를 한 학기 정도 다니게 됐지.

모든 게 낯설었어.

동네 사람들이 모두 참여하는 가을 운동회도

아침에 일어나 커다란 가마솥에 끓인 물과

얼음장같이 차가운 물을 섞어 세수하는 일도.

엄마를 간호해야 하니 아빠는 자주 올 수 없었거든.

그곳에 가고 한 달쯤 뒤에야 아빠가 오셨는데 왠지 서먹하게 느껴지는 거야.

아빠는 그런 나를 자동차에 태우고 시내까지 한참 나가야 있는 작은 놀이공원으로 데려갔어.

놀이기구를 타고 나오는 길엔 솜사탕 하나를 사줬는데 그 다디단 맛이 사라지는 게 어찌나 아쉽던지……

손바닥에 찐득하게 남아 있는 설탕 가루를 핥고 또 핥았어.

그리고 아빠가 서울로 간다고 돌아섰을 때 그때까지 꾹꾹 참았던 눈물을 한꺼번에 쏟아냈지.

그렇지만 할머니 댁에서의 시간이 슬프고 외로웠던 것만은 아니야.

친구도 사귀었고 재밌는 동네 언니 오빠들과의 시간도 즐거웠어.

한편으론

이곳에서 영영 살게 되는 건 아닐까 불안하기도 했어.

얼마 지나지 않아 다시 서울로 올라갈 수 있게 됐어.

엄마의 병이 나았다는 연락을 받았지.

해쓱해진 엄마가 나를 향해 두 팔을 활짝 벌렸는데

나도 모르게 주춤대며 뒤로 물러서는 바람에

엄마를 서운하게 만들기도 했지만 정말 기뻤어.

지금도 가끔 그때의 시간이,

마치 고향을 그리듯 그리워지곤 해.

그 7개월의 시간이 아니었다면

아마도 지금의 난 조금 다른 사람이 되었을 것 같아.

다행이라면 난 지금의 내 모습이 제법 마음에 든다는

거야.

다시 가고 싶어

몇 년 전 예약했던 여름 휴가지로 향하던 길이었어.
갑자기 차가 고장 나는 바람에 우연히 머물게 됐지.
수리되는 반나절 가까운 시간이 아까워,
근처에 관광할 만한 곳을 찾아다녔어.
그러다 발견하게 된 거야,
아주 작은 그 놀이공원을…….

놀이기구라 해봐야 다람쥐 통, 범퍼카, 레일 기차가 다
였는데, 매표소에 있는 청년은 '3종 세트'를 끊는 편이
훨씬 저렴할 거라고 했어.
마침 그곳엔 나밖에 없었거든.
괜히 미안해져 권하는 대로 표를 끊었지.
레일 기차 앞으로 가자,
매표소에 있던 청년이 문을 열고 뛰어나오더니
아까 자신이 판 표에 도장을 찍어줬어.

놀이공원 옆엔 동물원이 있었어.

그 앞을 서성이자 이번에도 그 청년이 달려와서는

문을 열어줬지.

"놀이공원 고객은 무료로 관람이 가능하답니다."

성실한 청년은 흘러내리는 땀을 닦으며 말했어.

이곳도 동물원이라 할 수 있을까.

얼룩말과 타조, 꿩.

이 정도는 수긍할 정도였지만

토끼와 닭 그리고 돼지가 있었어.

가축으로 키우는 것 아닌가 싶었지만 꽤 자세한 설명과

팻말도 있더라.

난 그중에 돼지 한 마리를 유심히 보았어.

시골에서 흔히 키우는 종이었어.

돼지는 자고 있었지.

곤히 자고 있는 모습을 보니까 나도 졸음이 몰려왔어.

그리고 옆 우리에 있는 닭을 보았어.

닭은 모이를 쪼아 먹고 물을 마시고 하늘 한 번 보고

잊을만 하면 한 번씩 홰치는 소리를 냈어.

난 그 모습을 또 오랫동안 바라봤지.

시시한 놀이공원, 볼 것 없는 동물원이었는데

이상하게 시간이 갈수록 오래도록 기억에 남는 거야.

표를 끊어주고 또 뛰어와 받던 그 청년도.

한가했던 놀이공원과

졸음이 가득했던 그 작은 동물원에 다시 가고 싶어.

참 특별한 휴가였는데, 참 완벽한 쉼이었는데.

아이스커피 두 잔

세상에서 내가 제일 가난하고 불행하다고 생각하던 시
절이 있었어.
그때 내가 살던 곳은 정말 작은 반지하 방이었는데
작은 창으론 지나다니는 사람들의 발만 보였지.
바로 옆엔 작은 식료품점이 있었는데
파라솔 의자에 앉은 동네 사람들 이야기 소리가 모두
들렸어.

그때 난 휴학을 하고
아르바이트로 골프장에서 일하고 있었어.
거기서 캐디를 하고 있던 한 친구를 알게 됐지.
그 아이의 집은 마을버스를 타고
오르막길을 한참 올라가고도
또 계단을 밟고 더 올라가야 했어.
친구는 옥탑방에 살고 있었지.

그녀는 커피믹스 두 개를 탄 뒤,

얼음을 넣어 스트로우로 휘휘 저은 후

"손님, 주문하신 아이스커피 나왔습니다."라고 말하며
내게 주었어.

그러곤 옥상에 있는 낡은 평상에 앉아

지상의 불빛들을 내려다봤지.

아무 말도 하지 않았어.

누군가의 행운을 시기하고

누군가의 행복을 부러워할 수 있었어.

아니 다른 친구였다면 그런 대화를 나눴을 거야.

지긋지긋한 가난을 탓하고

불안한 청춘이 빨리 지나가기를 바랐겠지.

그런데 그 아이가 이렇게 말하는 거야.

"행복하다, 그치?"

난 고개를 끄덕일 수밖에 없었어. 정말 행복했거든.

하루 종일 서있느라 통통 부은 다리를
맥주병으로 문질러가며 음악을 듣는다는 그 친구는
종종 나를 초대해 메밀국수를 만들어주기도 하고
비오는 날이면 지붕과 옥상에 떨어지는 빗소리가 얼마
나 아름다운지 전화기를 통해 들려주기도 했어.

그 친구를 만나면서 난 더 이상 내 가난이,
나의 반지하방이 부끄럽지 않았어.
"우리 집 진짜 좋아. 가만히 있어도 동네 소식을 다 들을
수 있거든. 가끔 나의 안부를 묻는 동네 강아지와 고양
이에게 창문 너머로 비스킷을 던져주기도 해."
이런 이야길 하는 나를 발견하기도 했지.

오늘 같은 밤이면 그 친구가 참 많이 떠올라.
땅 위의 무수한 불빛들을 별인 양 바라보며

저 아름다운 집에 사는 사람들 모두에게

평화가 내리기를 바라던 친구,

그 친구에게도 평화가 내리기를.

달콤한 냄새

무슨 이유 때문이었는지는 기억이 잘 안 나.

어쨌든 그땐 자꾸 한숨이 났어.

모든 것이 다 답답했던 거 같아.

불확실한 미래도 불안한 현재도.

원래 이십대는 그런 건데

그땐 나 혼자만 버겁다고 느꼈지.

이런 나를 위해

그는 가끔 아버지 차를 빌려 가까운 시외로 드라이브를

시켜주곤 했어.

삼각지 고가도로를 지나는 길목엔

과자 공장이 하나 있었어.

그곳을 지날 때면 그는 차창을 활짝 열곤

"자, 크게 숨을 들이마셔봐"라고 했지.

"어때? 달콤하지? 지금 가득 채워둬야 해."

장난스러운 말투로 그는 말했어.

정말 과자 공장에선

달콤한 사탕 냄새, 고소한 과자 냄새가 났어.

그의 말대로 달콤한 냄새로 가득 채우기 위해

숨을 깊이 들이마셨고

그러다 보면 어느새 한숨 쉬는 걸 잊었던 거 같아.

그러곤 그는 조카가 두고 갔다는

동요 테이프를 크게 틀었어.

가만히 듣다 나도 모르게 따라 부르고 있었지.

그러다 보면 우울함은 사라지고

아무 걱정 없는 동심의 나라로

풍덩 빠지는 느낌이었어.

기분도 한결 나아졌고.

지금은 더 이상 과자 냄새를 기대할 수 없게 됐지만

근처에 가면 나도 모르게 창을 내리게 돼.

어쩐지 달콤한 사탕 냄새가 날 것만 같아서.

씩씩하게 울리던 동요도

어디선가 들릴 것만 같아서.

그리고 또

잊을 수 없는

달콤했던 첫사랑의 추억도…….

3부

서로가 서로에게 먼 불빛이 되어 준다면

홀로 날지 않기를

나비가 바다를 횡단한다고 했을 때
거짓말이라고 생각했어.
꽃잎같이 연약한 날개로 바다를 건넌다는 게
불가능해 보이잖아.
천적인 새를 만나기라도 하면 피할 데도 없는데.

거짓말 같지만 실제로 그런 나비가 있대.
우리나라 나비 중에 '제주 왕나비'라고 있는데
남해를 가로질러 멀리 북한까지 갔다가
겨울이 시작될 무렵엔 다시 바다를 건너
제주도로 돌아온다는 거야.

너무 힘들면 바다 위에 사뿐히 앉아
아주 잠깐 쉬기도 한대.
날개에 물을 튕겨낼 수 있는 비늘 가루들 덕분에 가능

하다는 거지.

하지만 갑자기 너무 많은 비가 내린다거나 큰 파도가
일어날 땐 어쩌나 싶어.

제주 왕나비는 다른 나비에 비해
몸집도 크고 날개도 크다지만
그래봐야 여전히 작고 연약한 나비일 뿐이잖아.

차라리 제주도에만 있으면 될 것을
굳이 위험한 바다를 건너고 내륙까지 건너갔다가
다시 돌아오는 이유는 뭘까?

생태학자들조차 명확한 이유를 밝혀내진 못했대.
이건 내 생각이지만 영영 못 밝혀낼 거 같아.

우리도 그렇잖아.
안정적인 직장을 그만두고 꿈을 좇는 누군가의 선택을

굳이 먼 곳으로 떠나는 누군가의 여정을

그 남자, 그 여자의 아픈 사랑을

종잡을 수 없는 인생길을

그저 묵묵히 걸을 수밖에 없는 우리의 운명을

누가 밝혀낼 수 있겠어.

이런 상상을 해.

제주 왕나비가 홀로 날지 않기를,

힘든 날갯짓을 할 때 곁에서 또 다른 나비가 함께하기를,

그렇다면 조금은 덜 외롭지 않을까 하는 생각을.

비로소 제대로 읽히는 순간

각주가 붙은 글들을 가끔 보게 돼.

논문이나 인문서에서,

가끔은 시나 소설책을 읽으면서도 만나게 되지.

주로 본문의 어떤 글이나 단어를 풀이하기 위해

본문 아래에 그에 따른 설명을 붙여놓는데,

문맥만으로 짐작 가능한 것도 있지만

각주를 읽어야 제대로 알 수 있는 것도 있지.

부모님의 "잘 있니?"라는 말엔

'보고 싶다'는 각주가 붙어 있고,

아내의 "언제 들어와?"는

'오늘은 내가 좀 힘들고 외롭다'는 뜻이라는 걸.

"엄마 미워!"라는 자녀의 말은

'외롭다'는 뜻이기도 하고.

데이트 약속을 잡는 당신에게

"네가 편한 시간이면 언제든 상관없어"라고 말하는 것엔
이런 각주가 붙어 있겠지.
"지금 당장 보고 싶어."

어떤 각주는 너무 글씨가 작아서
흘깃 본 사람들 눈엔 잘 띄지 않기도 해.
그러니 눈을 크게 뜨고 자세히 살펴봐야 하지.

또 어떤 각주는 책의 뒷장에 붙어 있어서
시간이 지나야 읽혀지기도 해.
퇴직을 앞둔 아버지의 등에서 느껴지던 쓸쓸함을,
결혼을 앞둔 딸이 밥 먹는 모습을 찬찬히 지켜보던
어머니의 눈물을.
아버지의 상황이 되어서야 또 어머니의 나이가 되어서야
비로소 제대로 알게 돼.

록 앤 퀵 앤 퀵

아버지가 라틴 댄스를 배우고 있다는 걸 알았을 때

하마터면 웃을 뻔했어.

지난해 은퇴한 육십대 아버지가

룸바니 삼바니 차차차 같은 춤을 춘다고?

어쩐지 민망한 기분이 들더라.

연애라도 하려는 건 아닐까,

의심의 눈초리도 살짝 보냈어.

그런데 아버지의 수첩에

폴 어웨이 락,

윈드 밀,

언더 암 턴.

댄스 용어와 풀이가 빼곡히 적혀 있더라.

그걸 보니 허투루 다니시는 건 아니다 싶었지.

아버진 집에서도 연습을 게을리 하지 않으셨어.

쑥스러울 법도 한데 누가 보든 상관치 않고

음악을 작게 틀어놓고 열심히 동작을 반복했어.

문득 이런 생각도 들더라.

아버지도 늘 새로운 무언가를 원했을 텐데.

자신만의 시간을 갖고 흠뻑 빠지고도 싶었을 텐데.

열정도 꿈도 없는 사람처럼

매일 일하고 늦게 들어오는 걸

당연하게 생각하고 있었던 건 아닐까.

열심히 하지만 좀처럼 늘지 않는

아버지의 서툰 모습이

내겐 너무도 자랑스럽고 뭉클하게 느껴지더라.

조명받는 무대 위에 서지 못한다 하더라도.

록 앤 퀵 앤 퀵을 외치는

날렵하지 않은 몸놀림.

한 박자 정도 늦게 터닝을 시도하는 바람에
보는 사람마저 머쓱한 웃음을 짓게 하지만
내겐 가장 멋진 댄서로 보였어.

운이 좋다니까!

그날은 바람이 몹시 불었어.

아빠는 내게 말했어.

"이번엔 틀림없을 거야. 아빤 운이 좋으니까."

어렸던 난 아빠가 맞춰놓은

망원경에 눈을 갖다 댔어.

아직 이른 가을이었지만 제법 추웠지.

무릎 담요를 뒤집어쓰고 있었지만

콧물이 자꾸 흘러나왔어.

몇십 년 만에 유성우가 떨어진다는 날이었거든.

아빤 그걸 꼭 볼 수 있을 거라고 했고

내가 미심쩍은 표정을 지을 때마다

변명하듯 이렇게 말씀하셨지.

"걱정 마. 아빤 운이 좋다니까!"

하지만 내가 알고 있는 아빠

결코 운이 좋은 사람이 아니야.

잘 다니던 회사에서도

가장 먼저 명예퇴직을 당해야 했고

어렵게 시작한 사업도

믿었던 동료의 배신으로 어려워졌지.

그날도 역시

아빠의 장담과는 달리 별똥별을 보지 못했어.

그런데 얼마 전 가족들과

늦은 여름 휴가로 바다를 갔다가

떨어지는 별똥별을 우연히 보게 된 거야.

문득 어렸을 때 생각이 나서

난 아빠에게 말했어.

"아빠 운이 좋은 거 맞네. 20년 뒤에 찾아왔지만."

그러자 아빠 내게 이렇게 말씀하시더라.

"나처럼 운 좋은 사람도 없을 거다.

네 엄마를 만난 것.

그리고 너처럼 착한 딸래미를 갖을 수 있었던 것.

또, 이렇게 네가 잘 자라준 것.

내 인생에 가장 큰 복이지, 뭐가 더 필요하겠어."

집으로 오는 길

아직도 밝혀내지 못했대,

고래가 왜 해변으로 밀려와 죽음을 맞이하는지.

여러 학설이 있더라.

그런데 바다가 너무 시끄러워져서

청각으로 방향을 찾는 고래가

길을 잃는 거란 얘기가 내겐 가장 신빙성 있게 들렸어.

표지판도 눈에 익었던 건물도 사라지고

모든 것이 엉망이 된 거리에 있다고 생각하면

정말 막막할 거 같아.

분명 내가 알던 길인데

갑자기 낯설고 소란스럽게만 느껴진다면 말이지.

할머니도 그랬던 걸까.

반평생 넘게 살았던 동네인데…….

집으로 오는 길을 찾지 못했던 거야.

파출소에서 온 연락을 받은 건

마침 일찍 집으로 돌아온 나였어.

할머니 얼굴은 하얗게 질려 있었지.

무척이나 혼란스러운 표정이었어.

집으로 돌아오는 길, 할머니는 말했어.

"내가 너무 이상하구나."

난 아무렇지 않은 척 굴었지.

"그럴 수도 있어요. 저도 가끔 그러는 걸요, 뭐."

그 뒤로 할머니의 상황은 더 악화됐어.

고향에 가겠다며 집을 나섰다가 길 잃기를 반복했지.

할머니의 귀엔 너무 많은 소리가 들렸던 거 같아.

너무 이른 나이에 젊은 남편을 보내고

거친 세월 자식들을 길러내느라 꾹꾹 참아야 했던

세월의 속삭임이,

애잔했던 고향에서의 추억들이,

저마다의 이야기를 쏟아내는 바람에

너무 시끄러워 방향을 잃은 걸 거야.

얼마 전 TV에서 해안가로 밀려온 혹등고래를 봤어.

바다로 다시 밀어 넣으려고도 했지만

너무 몸집이 크고 무거워 모든 시도는 실패로 돌아갔지.

수백 명의 사람들이 몰려와

고래의 몸에 물을 끼얹기도 했지만

결국 고래는 해안가에서 잠들어버리고 말았어,

그래, 우리 할머니처럼…….

혹등고래도, 할머니도

하늘에선 자유롭기를.

그곳에선 더 이상 길을 잃지 않았으면 좋겠어.

예양이, 예쁜 고양이의 줄임말

우리 동에 근무하시는 경비 아저씨가 있어.

아이들이 매번 "할아버지. 예양이 어딨어요?"라고 하길래

처음엔 난 아저씨가 손녀라도 데려오나 했어.

나중에 알고 보니 우리 아파트를 자주 찾는 길고양이

이름이더라고.

예쁜 고양이의 줄임말.

예양이는 아저씨가 직접 지어준 이름인데

한 마리가 아니었어.

이마에 한반도 모양 비슷한 까만 점이 있는 흰 고양이도,

누런 털에 검은 줄무늬가 있는 통통한 고양이도,

검은색 털이 드문드문 나 있는 고양이도,

열 마리 넘게 찾아오는 고양이들 모두 예양이야.

다 예쁜 고양이란 거지.

하루 두 차례씩 먹이를 준다는 데

경비 아저씨와 고양이는 친해지기 힘든 관계라는 걸

나중에야 알게 됐어.

얘네들이 음식물 쓰레기봉투를 찢기도 하고

분리수거 해놓은 것들을 헤집어놓기도 한대.

무엇보다 고양이에게 밥 주는 걸 못마땅하게 여기는

입주민들에게 좋지 않은 소릴 듣기도 하신다나 봐.

 그럼에도 불구하고 아저씨는 먹이도 주고

다친 예양이를 발견하면 동물 병원에 데려가 치료도 해

주셔.

예전에 고양이를 버리고 이사 간 사람들이 있었대.

아파트를 떠나지 않고 야옹야옹 슬프게 우는 걸 보곤

내가 이 아파트 지키는 사람인데

고양이 한 마리 못 지켜주겠나 싶어 먹이도 주고 보살

펴주기 시작하셨대.

한 마리 한 마리 늘어 지금에 이르렀다고 해.

"먹이를 주고 난 뒤부턴 얌전해져서 예전처럼 사고도 안 치고 사납게 울지도 않아. 쥐도 얼씬 안 하니 오히려 더 잘 됐다"고도 하셨어.

그러곤 또 이렇게 말씀하시더라.

"요즘은 헷갈려. 내가 애네들을 보살펴주는 건지, 이 녀석들이 날 위로해주러 오는 건지."

보고 싶은 얼굴들

벌써 오래전의 일이 됐지만

작은 공장에서 일했던 때가 있었어.

다이어리를 제작하던 곳이었는데

대여섯 명이 함께 일하는 곳이었지.

종이를 자르고

커버나 바인더를 끼우고

각자 맡은 일이 있었지만

누구 한 사람 일이 밀리면 다들 걷어붙이고 도와줬어.

힘들기는 했지만 재미도 있었지.

같이 일하는 사람들 마음이 다 맞았던 거 같아.

사장님 역시 우리와 똑같이 일하고 같이 밥 먹고…….

나이도, 경력도, 국적도 달랐던 동료들이었지만

공장 안에선 다들 친구 같았어.

비 오는 날이면

근처 단골 식당에서 사온 따끈한 감자전과 함께

막걸리 한 잔씩 마시기도 했지.

음치가 분명하지만 흥겹게 부르는 걸로 따지면

그 누구도 따를 자 없던 찬우 형이 노래를 불렀고

평소엔 말 없던 무르타자가

박자와 상관없는 이상한 춤을 추기도 했어.

그렇지만 다이어리 생산량은 차츰 줄어들었고

결국 공장 문을 닫게 되었어.

다들 속상했지만

사장님은 우리들 한 명 한 명에게 미안하다고 했어.

나중에 다시 부르겠다고도 했지.

누구 하나 그걸 믿지는 않았어.

그러나 다들, 불러주면 꼭 와서 같이 일하겠노라, 했지.

그 말만은 모두 진심이었던 거 같아.

비가 올 때면,

그리고 기름 냄새나 종이 냄새를 맡을 때면

그때가 떠올라.

무르타자는 파키스탄으로 돌아가

짝사랑한다던 그녀와 결혼했을까.

찬우 형은 노래 대회에 나갔을까.

세용이는 트럭을 운전하고 있을까.

사장님은 그리고 경석이와 찬주 형은?

궁금한 이름들,

보고 싶은 얼굴들.

따뜻한 밥상의 힘

대학을 졸업하고 처음 들어간 회사에서의 내 일은

전공과는 상관없는 회계 업무와 홍보,

가끔은 사장의 비서 업무까지.

필요한 대로 닥치는 대로 배워가며 일을 해야 했어.

일도 힘들었지만 문제는 시간이 갈수록

자존감이 바닥을 친다는 거였지.

아침에 눈 뜨면 한숨부터 나왔어.

나란 존재가 아무것도 아닌 것만 같았지.

이런 내 고민을 알던 친구가

"우리 집에 와. 같이 밥이나 먹자"라고 했어.

그날은 토요일이었지.

북가좌동에서 자취하던 그녀의 방은 낡고 허름했지만

깔끔한 느낌이 들었어.

"이것부터 먹고 있어."

미리 깎아놓았는지 약간 갈변이 된 사과가 예쁘게 담긴

접시를 내밀었지.

사과를 먹으며 음식 준비를 하는

그녀의 뒷모습을 바라봤어.

넓지 않은 주방을 다람쥐처럼 왔다 갔다 하더니 한 상

뚝딱 차려냈어.

깨끗하게 씻어놓은 상추와 오이

뚝배기에 담긴 된장국에 현미가 섞인 밥 한 그릇.

나만을 위해 정갈하게 차려진 밥을

배부르게 먹고 나니 기분이 풀렸어.

그리고 나도 모르게 그만 잠이 들고 만 거야.

눈을 뜨니 한 시간이나 잤더라고.

"깨우지 그랬어."

미안하고 난감한 기분이 들었지.

그러곤 친구가 내온 커피를 마시며

이야길 나누었어.

기억에도 남지 않는 별 의미 없는 이야기들이었지만

우린 한참을 웃었어.

집으로 돌아오는 길

무슨 결정을 내리든 상관없다는 생각이 들더라.

회사를 그만두는 것도

막연한 미래도 더 이상 두렵지 않았어.

그건 아마도

어떤 위로의 말보다 내게 용기를 준 따듯한 밥상의 힘.

바로 그것 때문이라는 것을,

이제는 분명히 알 수 있어.

그냥 한 사람

바다 속 멸치가 떼 지어 헤엄치고
도요새가 하늘에 무리지어 나는 모습,
그것만으로도 참 장관이다 싶어.
그 많은 수의 물고기와 새들은
어떻게 서로 부딪치지도 않고
일제히 방향을 바꾸며
일사불란하게 날 수 있는지 궁금했어.

이런 행동의 비결은 아주 간단하다고 해.
한 가지 규칙만 지키면 된대.
옆 친구가 멀어지면 따라잡고
너무 가까워지면 속도를 늦추는 것.
그러니까 일정 간격을 유지하기만 하면 된다는 거지.
간단해 보이지만 꽤나 어려운 일이란 생각이 들어.
친구나 연인 사이도 그렇지만

대부분의 인간관계는

이 간격을 제대로 유지하지 못해

어긋나는 경우가 많잖아.

너무 가까이 다가가는 바람에

지나친 간섭에 기분 상하기도 하고

멀리 떨어지는 지 모르고 있다가

서운함을 느끼며 관계가 소원해지기도 하고 말이야.

하지만 이럴 때 있잖아.

너무 슬퍼 눈물조차 흘리지 못할 때

그런 나를 꼭 안아

내 심장과 그의 심장 소리가 하나인 듯 들릴 때

그리고 또 너무 기뻐 그의 두 손을 꼭 잡고

함께 팔짝팔짝 뛸 때

그땐 꼭 한 사람이 된 것만 같아.

거리나 간격조차 생각할 수 없는, 그냥 한 사람.
그런 순간이 그래도 자주 있어야 하는 것 같아.
그래야 영영 멀어지는 일은 없을 테니까.

도도새의 비밀

그런 친구 있잖아, 너무 착해서 한편으론 불안한 친구.
친구가 내게 이런 얘길 했어.
자긴 마치 도도새 같다고.

참, 도도새에 대해 알아?
대항해 시대, 포루투갈 선원들에 의해 발견된
모리셔스 섬에 살던 도도새는
천적이 없었던 데다가 사람에 대한 두려움도 없어서
인간들을 졸졸 따라다녔대.
더구나 동지애도 강해서 한 마리를 잡아 울게 만들면
도움을 주려고 다른 새들이 찾아왔다는 거야.
그런 새를 선원들은 도도새,
그러니까 '바보새'라 이름 붙이곤 마구 잡았던 거지.
결국 그렇게 도도새는 멸종된 거고.

알고 보니 친구는 믿었던 지인에게 속아

사기를 당했다는 얘길 하더라.

사실 나 역시 그 친구가 좀 더 영악해지길 바랐거든.

너무 착해선 안 된다고

착한 게 큰 잘못이라도 된듯 얘길 했어.

그런데 어제 그 친구가 이런 말을 하는 거야.

"이젠 거절해야 할 것에 대해선 확실하게 선을 그을 생

각이야. 하지만 도도새에 대해선 내가 잘못 생각했던

거 같아."

그러곤 이렇게 말을 이었어.

"섬에 있던 그 새가 포획하기 쉬웠다고 해서, 그렇게 다

죽이다니. 결국 선원들이 어리석었던 거야. 그 새가 바

보 같았던 게 아니고. 그렇지 않아?"

듣고 보니 그랬어.

선원들의 바보 같은 짓 때문에, 착하고 기품 있던 새가

사라져버린 거잖아.

살아 있었더라면 누군가와 둘도 없는 친구로

지낼 수 있었을 텐데.

그랬다면 모리셔스 섬의 생태계가

무너지는 일도 일어나지 않았을 텐데.

한편으론 그 친구가 착한 게 잘못이 아니라

친구를 속인 사람이 잘못한 건데,

난 왜 화살을 친구에게 돌렸던 걸까.

마치 도도새를 멸종시켰으면서

그 새의 어리석음을 핑계댔던 선원들처럼 말이지.

마음속에 남는 건

그땐 다 추억이 될 거라 생각했어.
함께 갔던 놀이공원 입장권,
처음으로 같이 본 영화 티켓,
아르바이트 해서 번 돈으로
그에게 선물했던 지갑 영수증까지도.
차마 버릴 수 없었지.
그것들이 있어야
훗날 아름다운 추억들이
고스란히 간직될 것만 같았거든.

하지만 보관한 이후,
단 한 번도 그걸 꺼내보지 않았어.
그럼에도 불구하고
이사갈 때마다
집안 정리를 할 때마다

그것들을 담아놓은 상자를 버려야지 하면서도
매번 망설여졌지.
그걸 버리면
소중했던 한때가 사라지기라도 하는 것처럼.

생각해보면 마음속에 남는 건
영수증이나 입장권처럼
보관이 가능한 것들은 아닌 것 같아.
손에 잡히지 않는 것들,
가령 놀이기구를 타면서 잡았던
따듯했던 손의 감촉이랄지,
영화관 앞에서 그를 기다릴 때 흘러나왔던 노래,
아르바이트가 끝나면 데려다줬던 골목길의
쓸쓸했던 가로등 불빛 같은 것들인데 말이야.

보관해봐야 소용없는 것들은

이제 모두 버리고

보관할 수 없는 것들,

그러니까 마음속으로만 간직해야 하는 것들은

가끔씩 꺼내보며 떠올려봐야겠어.

누군가에게 위로가 될지 몰라

야간 비행기 조종사인 파비앙은
비행하면서 내려다보는 밤 풍경을 좋아했어.
밤에는 지상이 하늘이 되기도 했거든.
어둠 속에서 반짝이는 별, 그건 외딴집이었어.
식탁에 팔꿈치를 괴고 있는 농부들은
그들이 밝힌 등불이 소박한 식탁만 비춘다고 생각했지만
실은 그렇지 않았어.
불빛은 80킬로미터나 떨어진 곳.
그러니까 하늘을 날고 있는
야간비행 조종사에게 위로가 됐던 거야.

생텍쥐페리가 쓴 '야간비행'을 읽으면
지상의 무수한 불빛들이 달리 보여.
고독했던 조종사에게 작은 불빛은
당신처럼 누군가도 깨어있다는 걸 알려주며

외로움을 덜어줬거든.

그리고 길을 잃지 않았다는 신호가 되기도 했지.

한때 살았던 산동네 옥탑방에서 내려다 봤던

지상의 불빛들은 참 아름다웠어.

하늘의 별만이 별이 아니구나

무수한 별들이 내가 발 딛고 살아가는 지상에도

가득했구나 싶었어.

그리고 문득 이런 생각도 들어.

지금 보잘것없어 보이는 내 모습도,

아무것도 아닌 나도,

누군가에겐 위로가 될지도 모른다고…….

조금 멀리 떨어져서 본다면

분명 별처럼 빛을 내고 있을 거라고…….

씩씩하게 밝게 웃던 친구의 미소가

내게 눈부신 위로가 됐던 것처럼

오늘 만난 우체부 아저씨의 닳은 운동화와 땀방울에

나도 모르게 감동받았던 것처럼

서로가 서로에게 먼 불빛이 되어주고

때로는 감동이 되어준다고.

그런 먼빛으로 너에게 닿아

하나의 별이 되어준다면 참 좋겠구나 싶어.

보고도 못 본 척

캘리포니아 만으로 놀러갔던 한 미국인 가족에게
실제 있었던 일이래.
해안가 근처에서 그들은
혹등고래 한 마리를 발견했는데
다가가도 움직임이 없더라는 거야.
죽은 건가 싶었는데
갑자기 고래가 수면 위로 몸을 끌어올리곤
숨을 내쉬더래.
이상하다 싶은 생각에
남자는 물속으로 뛰어들어 좀 더 가까이 다가갔는데
엄청난 양의 그물이 엉켜 있는 걸 발견한 거야.
그때 남자는 혹등고래와 눈이 마주쳤는데
눈빛으로 이런 말을 하더래.
도와달라고…… 살려달라고…….

한 시간 넘게 남자와 그의 가족들은
고래 몸에 엉킨 그물을 잘라내주었고
마침내 고래는 자유의 몸이 됐지.

놀라운 일은 그 다음에 일어났어.
고래는 150미터 쯤 헤엄쳐가더니
갑자기 공중 곡예를 하며
엄청난 쇼를 보여주더라는 거야.
그것도 무려 한 시간 가까이.
기진맥진해서 헤엄칠 힘도 없던 고래였는데 말이지.
감사의 인사였던 거야.
정말이지 필사적인 감사의 인사.

그동안 난 얼마나 많은
눈빛을 외면해왔던 걸까 싶더라.

도움을 간절히 바라던,

배려를 원하던 눈빛을, 혹은 말을.

보고도 못 본 척

혹은 너무 무심해서 모르고 지나치기도 했던 거 같아.

그리고 난 또 누군가의 도움에

얼마나 뻔뻔했나 싶기도 해.

너무도 당연하게

아무런 인사도 없이…….

도울 수 있는 것 또한 사람뿐

북극의 사진을 봤어.

늘 생각해오던 북극의 모습과 너무 달라 당황스러웠지.

얼음도 눈도 보이지 않았어.

하얀 털로 뒤덮인 곰만이

그곳이 북극임을 알려주고 있었지만

그 커다란 곰 마저 시커먼 흙 위에 고개를 떨군 채

덩그러니 앉아 있었어.

이방인처럼

애처롭고 낯설게.

올해, 가장 강력한 온난화의 징후가 관측됐대.

이런 식이라면 내년 봄이나 여름쯤엔

북극에 얼음이 덮인 곳을 찾긴 어려울 거라는 거야.

땅이 드러나면 햇볕을 더 많이 흡수하니

얼음 녹는 속도도 빨라질 수밖에 없대.

우리가 매번 이렇게 기록적인 폭염을 겪어야 되는 것.
온난화의 영향이라는 거 잘 알고 있지.
물론 자주 깜박깜박하지만.

한 환경운동가가
왜 그렇게 동물 보호에 열심이냐는 질문에
이렇게 대답하는 걸 들었어.
그들이 약하기 때문에 돕는 게 아니라
우리가 약하기 때문에 돕는 거라고
우리도 언제든 그들처럼 될 수 있기 때문이라고.

당연하게 여겼던 곳, 빙하
그곳은 이제 시커먼 흙으로 뒤덮였어.
발을 푹푹 빠뜨리는 미지근한 흙길을 걸으며
도대체 왜 이렇게 된 걸까,

북극곰은 어리둥절할 거야.

그 모습에 우리를 겹쳐 생각해보니 암담해져.

어쨌든 북극을 그렇게 만든 건 우리지만

결국 그들을 도울 수 있는 것 또한 우리뿐이란 거.

그 사실이 희망이 될 수 있을까.

한마디면 돼

알렉스라는 이름의 아프리카 회색 앵무새가 있어.

조류학자인 에렌느 박사와

그녀가 어린 시절부터 키운 이 앵무새는

30년 동안 서로에게 둘도 없는 친구 사이였지.

앵무새 알렉스는

두 살 아기의 감정과 다섯 살 꼬마의 지능을 지녔다고 해.

꾀를 부리거나 심지어는 거짓말, 떼를 쓰기도 했대.

100개 이상의 단어를 사용할 줄 알고 간단한 대화 정도는

무난히 이어갈 수 있었던 사랑스러운 앵무새였어.

그런 어느 날 밤

앵무새 알렉스는 에렌느 박사에게

이 세 마디의 말을 했대.

잘 지내.

다음에 또 봐.

사랑해.

그리고 이튿날 죽었어.

그 말이 마지막 유언이었던 셈이야.

많은 단어를 알고 있다고 해서

높은 지능을 갖고 있다고 해서

적절한 말을 적당한 때 하는 건 아닌 거 같아.

사과의 말을 해야 할 때 변명하고

사랑의 말을 해야 할 때 침묵하고

감사의 말을 해야 할 때 미뤄왔던 건 아닌가 싶어.

진심을 전하는 덴 굳이 많은 단어가 필요 없는데

앵무새 알렉스가 전했던 진심의 말들처럼

오늘이 가기 전 나도 용기내 그에게 전하고 싶어.

한 마디면 가능한 말을.

더 늦기 전에…….

4부

위로란 참 조용한 일

한 짝만 남아버린 슬리퍼

이어폰은 왜 한쪽만 고장 나는 걸까.

양말은 왜 한 짝만 사라지는 걸까.

슬리퍼는 왜 한 짝만 먼저 망가져 신을 수 없게 되는 걸까.

오늘 고장난 이어폰을 양쪽 귀에 꽂아 음악을 들었어.

물론 한쪽에선 아무 소리도 들리지 않았지만

다른 사람들 눈엔 아무렇지 않게 보였을 거야.

한 짝만 남은 양말은

색이 비슷한 짝 없는 다른 양말과

대충 맞춰 신었어.

신발만 벗지 않으면 괜찮을 거라 생각했거든.

하지만 신발장을 열어

한쪽 끈이 뜯어진 슬리퍼를 꺼내보고는

영영 가망 없음을 깨달았어.

이래 가지곤 도저히 신을 수 없었어.

몇 발짝도 걸을 수 없었으니 말이야.

한쪽이 고장 난 이어폰도

한 짝만 남은 양말도

남들 눈엔 아닌 척 괜찮은 척 보일 수 있겠지만

실은 전혀 괜찮지 않아.

그가 떠났거든.

한 짝만 남아버린 슬리퍼처럼

실은 나 전혀 괜찮지 않아.

그리고 생각해.

나를 떠난 이유가 있으니

나홀로 이렇게 남겨진 까닭도 있을 텐데

난 왜 잊지 못하고 계속 이렇게 남아있는 걸까.

도저히 신을 수 없는 슬리퍼를

미련스레 신발장에 두는 이유는 무엇인지

아무리 생각해도 도통 모를 일이다.

친절한 사람이니까

그녀에게만 특별한 건 아닐 거라고

애써 생각했어.

환한 웃음도

가끔은 수줍던 표정도

원래 그런 사람이니까 그런 거라고.

어제도 그랬어.

비가 내려 누구도 간식을 사러나가고 싶어 하지 않았지.

사다리 타기를 했는데

그녀가 걸린 거야.

그러자 갑자기 그 사람이 대신 나가겠다고 하더라.

마침 밖에 가야 할 일이 생겼다면서.

누구도 그의 말이 거짓말이라 여기지 않았어.

무심한 표정에 모두들 속았을 거야.

나 역시 속을 뻔했거든.

하지만 그 사람 눈을 보고선
인정하지 않을 수 없었어.
그가 사랑에 빠졌다는 것을.

그녀가 말을 하면
생기 돌던 그의 눈빛, 그리고 표정.
가끔은 넋 나간 듯
그녀의 뒷모습을 오래도록 바라보던 모습.
너무 익숙했어.
그를 바라보던 내 표정이었으니까.
내가 그랬으니까.

"왜 하필."

하루 종일 그 말이 입안에서 맴돌았어.

그의 짝사랑을 가장 먼저 알아차린 사람이 '왜 하필'
나인 건지.

그가 사랑하는 사람은 왜 내가 아닌 건지.

왜 하필.

좀 더 일찍

만약이야.

조금 더 일찍 만났더라면

사랑하게 되지 않았을까.

그런 생각 들었던 사람 만난 적 있어?

사실 난 그 사람을 보자마자 한눈에 알아봤거든.

아, 이 사람이구나.

외모도 분위기도 목소리까지

바라오던 그 사람이구나.

대화를 나누면서는 더 확신할 수 있었어.

좋아하는 음악,

최근에 재밌게 봤던 영화,

대중적이지 않은 한 작가의 책까지

이렇게 잘 맞을 수 있을까.

하지만 그 사람에겐 애인이 있고

그건 나도 마찬가지였어.

그래서 그랬을 거야.

꼬리에 꼬리를 물고 자꾸 길게 이어지는 대화를

어쩌면 깊어질지 모를 마음을

어떻게든 멈추려고 안간힘을 썼던 거 같아.

명함을 교환하는 편이 자연스런 만남이었는데도

그것조차 깜박 잊은 듯

그저 예의를 다해 인사를 하곤 헤어졌지.

그렇잖아.

혹여나 흔들려선 안 되잖아.

집으로 돌아가는 길,

남자친구에겐 정말 미안했지만

계속 그 생각이 머릿속을 떠나지 않더라.

좀 더 일찍 그 사람을 만났더라면

그랬더라면

우린 서로 사랑하게 됐을까.

그리고 그랬더라면

이렇게 흔들릴 사람, 다신 만나지 않았을까.

한 시간은 길지만
하루는 짧아.
한 달은 길지만
1년은 순식간이지.

네가 해줬던 그 말,
힘들었던 순간마다 도움이 됐어.
그런데 지금 내가 힘든 건
시간이 가지 않아서 힘든 게 아니야.
지금 내 마음을 덜컥거리게 하는 건
이런 것들이야.

집으로 돌아가는 골목길,
종종 마주치던 길고양이에게
나도 모르게

그가 불렀던 애칭으로 인사를 건네게 될 때.

노래방에서 부른 노래가

그가 좋아하던 노래라는 걸 새삼 깨닫게 될 때.

남들은 하나도 안 닮았다고 하지만

그와 닮은 배우를 TV에서 볼 때.

그가 사는 동네를 지나는 지하철, 버스 노선을 볼 때.

그가 좋아하는 브랜드의 운동화를 볼 때.

그리고 이 밤,

전화 걸고 싶은 마음 애써 삼켜야 할 때.

가장 힘든 건

바로 지금.

모든 순간순간들이야.

그래,

시간은 어떻게든 가겠지.

한 달은 금방 가겠지.

1년도 순식간에 지나갈 거야.

하지만 상관없어, 이제 더 이상 미련은 없으니까.

그렇게 생각하며 걸어가다 문득 뒤돌아봤을 때

그 역시 나를 뒤돌아보다 서로 눈이 마주치고 말았지.

우린 머쓱하게 웃으며 인사하곤

서둘러 제 갈 길을 다시 걸어갔어.

정말 아무렇지 않은 것처럼.

내 손을 잡아달라고

힘들어 보였어.

누가 봐도 힘든 상황임이 분명해 보였거든.

"괜찮아?"라고 물으면

그 사람은 희미하게 웃으며 늘 이렇게 대답했지.

"응. 괜찮아."

서운한 마음도 들었어.

솔직한 마음 털어놓을 만큼

아직도 내가 편하지 않은 걸까?

여전히 거리를 두려는 건 아닐까?

하지만 그건 말이지.

내게 부담 주고 싶지 않기 때문이었다는 걸

걱정 끼치고 싶지 않기 때문이란 걸 이젠 알 거 같아.

오늘 오후에 걸려온 엄마의 전화에,

밝은 목소리로 난 이렇게 대답했거든.

"난 정말 괜찮아! 정말이라고."

그러곤 전화를 끊는데 갑자기 울고 싶어지더라.

실은 전혀 괜찮지 않은데

난 왜 안 그런척 했던 걸까.

차라리 다 털어놔버릴 걸.

울음이라도 터트리고 위로받을걸.

후회되기도 했지만, 한편으론 걱정 끼치고 싶지 않았어.

부담 주고 싶지 않았어.

내가 사랑하는 사람이니까.

그때 문득 그 사람 생각이 났어.

이런 거였구나.

이런 마음이었겠구나.

누군가의 '괜찮다'는 말.

너무 믿어선 안 될 거 같아.

어쩌면 그건 전혀 괜찮지 않다고

너무 힘들어 주저앉아버리고 싶은 거라고

그러니 한 번만 더 물어봐달라고

내 손을 잡아달라고

그런 말일 수도 있겠다 싶어.

《정리 기술》이란 책을 보면 이런 내용이 나와.

차고에 35개의 상자를 쌓아둔 여자의 이야기.

그녀는 이사 다닐 때마다 상자들을 가지고 다녔대.

아름답고 값진 추억이 담겼기에

차마 버릴 수 없다고 하면서 말이지.

지긋지긋해진 그녀의 남편은 차를 한 대 사주겠으니

대신 쌓아놓은 상자 안쪽에

주차하라는 조건을 내걸었대.

주차가 힘들어진 여자는 어쩔 수 없이

상자를 정리하게 됐지.

부부는 15년 만에 처음으로 상자를 열어보게 됐어.

그런데 그 안엔 그녀의 예전 직장에서 만든 홍보물과

서류 뭉치들만 잔뜩 있었던 거야.

그녀는 충격을 받았지.

아름답고 귀한 추억과는 거리가 먼 물건들이었으니까.

기억을 더듬어 보니 15년 전 그녀를 해고했던 회사가

잘못했다는 걸 증명하려고 모아뒀던 자료였던 거야.

복수의 칼날을 갈며 모아둔 거지만

지금은 쓸모없는 것들이었지.

그러니까 그건 화해하지 못했던 과거의 분노, 마음의

상처였던 셈이야.

내 기억 속 차곡차곡 담아두었던,

값진 추억이라 여기며 끌어안고 있던

상자들을 떠올려봤어.

좋은 추억들이 대부분이라 여겼는데

하나씩 떠올려보니 그렇지 않더라.

부당한 체벌을 받았던 중학교 시절의 기억,

앞으로 만날 일도 없고, 오래 다니지도 않았던

예전 직장 상사의 호통,

헤어진 뒤 한동안 자기 비하에 빠지기도 했던

그 사람의 독한 말,

어이없거나 불만스러웠던 실패,

어제의 일인 양 분노가 떠오르는 그날의 사건

내 기억 상자 속엔 이런 나쁜 기억,

쓸데없는 기억들이 더 많이 담겨 있었어.

마음속에 둬봤자 쓸모없는 것들인데

난 참 오래도 끌어안고 있었던 거야.

상자를 열어 물건을 꺼내 쓰레기봉투에 담아 버리듯

화해하지 못했던 과거의 것들과는 화해하고 이젠 다 버

려야겠다고, 그런 생각을 했어.

당연히 화낼 줄 알았어.

이미 영화는 시작했고

극장 앞에서 나를 기다리던 그의 얼굴은

추위 때문에 파래져 있었지.

그런데도 그는 오히려 활짝 웃었어.

"앞에 광고 시간이 길잖아. 괜찮아"라고 말하더라.

소중한 거니 잘 간직해주었으면 좋겠다며

내게 파란빛의 작은 돌을 하나 주었어.

어린 시절 어느 바닷가에서 주웠는데

그냥 돌이 아니라 '옥'이라고 했어.

손에 꼭 쥐고 있으면 마음이 편해질 거라고도 했지.

그리고 그 바닷가에서

돌아가신 그의 어머니에 대한 추억도 이야기해줬어.

그가 눈물짓는 것도 처음 보았지.

난 그 선물이 의미하는 바가 무엇인지 충분히 알 수 있었어.

그런데 난 그 귀한 선물을 잃어버리고 말았어.
분명 가방 안에 넣었는데
지퍼가 고장 난 바람에 흘러 떨어진 모양이었지.
그건 그냥 선물이 아닌데
어린 시절 어머니를 그리워하며 흘렸던 눈물이고 그리움이었을 텐데…….

그런데 그는 내게 실망하지 않았어.
물론 섭섭한 표정을 짓기도 하고
안타까움에 잠시 할 말을 잊기도 했지만
마음속 추억은 변함없이 남아있으니
괜찮다고 상관없다고 말해주기도 했어.

그렇게 날 이해해주고 사랑해주었던 마음은

언제부터 식은 걸까.

정확한 시점은 알 수 없지만 아마 그때부터였을 거야.

그의 말이 짜증 섞인 "아니, 그게 아니야"로 시작되거나

차가운 "모르겠어"로 끝맺곤 했을 때,

무언가를 먹는 모습마저 미워지기 시작했을 때,

그때 내가 옥을 잃어버렸던 것도

어쩔 수 없었던 것처럼

사랑이 식는 것 역시 어쩔 수 없는 일이었는지 몰라.

하지만 최선을 다해 사랑했던 만큼

서로에게 예의를 보였다면

이별이 조금 덜 아프지 않았을까,

사랑이 더 아름답게 남지 않았을까.

더 이상 손 못 쓸 때가 되어서야

작아진 비누를 보며
이런 생각을 해.
평소엔 왜 깨닫지 못할까.
왜 돌이킬 수 없을 만큼
작아지고 나서야 깨닫게 되는 걸까.
조심히 다루지 않으면
뭉개져버리거나
아예 조각나버리는 상태가 되고서야 말이지.
통통해서 생기마저 느껴지던 비누였을 때도
실은 닳아지고 있었다는 걸
그땐 왜 몰랐을까.

작은 조각이 되어버린 비누를 내려놓고
생각해보니 모든 것이 다 그랬던 거 같아.
마찰음이 이상해지고

걸을 때마다 발이 불편해져

더 이상 신기 힘들어져서야

구두 뒤축이 닳아버렸다는 것을 알게 되고

목 부분이 늘어날 때로 늘어난 다음에야

티셔츠가 낡아버렸다는 걸 알게 되지.

더 이상 손을 못 쓸 때가 되어서야

나 때문에,

내게 맞추느라,

이렇게 닳아버렸구나 깨닫게 되고 마는 것.

그러니까 그도 그랬겠지.

차츰 닳아져갔을 텐데

차츰 멀어져갔을 텐데.

돌이킬 수 없을 때가 되고 나서야

이렇게 뒤늦게 깨닫게 되네.

오롯이 홀로 가만히

그땐 말도 안 되는 변명이라 생각했어.
난 사랑이란
좀 더 가까이 다가가는 거라고
그러는 가운데
다툼이 생기더라도
그러면서 더 깊어질 수 있는 거라 생각했거든.

하지만 그는 어느 한순간만은
떨어져 지내고 싶다 했어.
본인뿐 아니라 나에게도 필요할 거라며
설득시키려고도 했고.

다른 건 양보할 수 있었는데
그것만은 포기할 수 없었어.
그가 혼자 여행을 가겠다거나

나와의 데이트 대신 하루 종일 집에서
음악 들으며 책을 읽고 싶다고 하면
왜 그곳에 내가 없어야 하는지 이해할 수 없었지.
난 홀로 지내는 시간이 고통스럽기만 한데
그는 그 시간이 있어야
마음이 맑아지는 것 같다는 거야.

그땐 몰랐는데
요즘엔 홀로 있는 고요한 시간이
왜 필요한지 알 거 같아.
그도 아마 그러지 않았을까.
견뎌야 할 것들이 너무 많으니까
짊어져야 할 것들에 버거웠을 테니까
아무리 아름다운 사랑일지라도
하루쯤 아니,

단 몇 시간 만이라도

모든 걸 털어내고

오롯이 홀로 가만히 있어 보고 싶은 마음.

그래서 소설 속 좀머 씨처럼

나 좀 가만히 내버려 둬!

말하고 싶었던 것이었을 텐데…….

우주선의 외로움

보이저 1호에 대해 알게 된 건

그 애가 보여준 사진 한 장 때문이었어.

그 애는 화소가 낮은 사진 한 장을 보여주면서

"이게 뭔지 알아?"라고 물었지.

내가 고개를 갸웃거리자 실수로 찍힌 것 같은 하얀 점을 가리키며

"이게 지구야"라고 하더라.

그러곤 보이저 1호에 대해 이야기해줬어.

1977년 지구를 출발한 무인 우주 탐사선 보이저 1호는

우주를 홀로 날고 있다고 했어.

인간이 만든 물체 가운데 가장 멀리,

가장 오래도록 날고 있다고.

그런데 이 보이저 1호가 태양계를 벗어나기 직전 찍은 사진이 있어.

태양계의 마지막 행성인 해왕성을 지날 때

과학자 칼 세이건은 카메라를 돌려

지구를 촬영하자고 했대.

그렇게 해서 무려 61억 킬로미터 거리에서

지구의 사진이 찍히게 된 거지.

붉은 태양 반사광 속에 있는, 아주 희미한 점.

그 아이가 보여준 사진 〈창백한 푸른 점〉은

그렇게 나오게 된 거야.

그 아이는 힘든 일이 있을 때면

이 사진을 들여다본다고.

당시 실연의 아픔에 빠진 내게 "너도 줄까"라고 물었지만

난 괜찮다고 했어.

얼마 전 문득 그 사진이 떠올라 인터넷을 검색해봤어.

여전히 보이저 1호는 우주를 떠돌고 있었고

통신은 두절된 상태더라.

10년 전 그 아이처럼

나도 사진을 컴퓨터 폴더에 저장해놨어.

삶이 고달프고 세상에 나 혼자인 것 같아 외로울 때면

보이저 1호가 찍었다는 〈창백한 푸른 점〉을

들여다보게 됐지.

손톱으로도 가려지는

창백하게만 느껴지는 그 작은 점을.

특별할 것도 없는 그 작은 점에

뭘 그렇게 많이도 욱여넣으며

난 무겁게 살았나 싶어졌어.

그리고 보이저 1호를 생각해.

캄캄한 우주를 날아다니는 막막함을

다시는 지구로 돌아올 수 없는 우주선의 외로움을.

그리고 궁금해지기도 해.

고작 스무 살이었던 그 아이는

뭐가 그리 힘들었던 걸까.

왜 그토록 외로웠던 걸까.

먼저 고백한 것도 그였어.

좋은 연인이 되자며 떨리는 손으로

반지를 건넨 것도 그였고.

그래서 그랬나봐.

어리석게도 난

다툼이 생길 때면 그가 먼저 사과하는 게

당연한 거라 생각했지.

언제나 받아주기만 할 줄 알았던 그가 내게 말했어.

너무 지쳤다고.

이젠 정말이지 지긋지긋하다고.

그의 표정은 어찌나 차갑던지

목소리는 또 얼마나 건조하던지.

난 멍하니 앉아있었어.

실은 믿기지 않았거든.

그런 내 모습을 보며

그는 슬픈 목소리로 말했어.

"역시 넌 표정 하나 변하지 않는구나."

난 아쉬움도 미련도 없는 사람처럼 버스에 올라탔어.

실은 어디로 가는 버스인지도 모른 채

멍하니 창밖을 바라보며 앉아 있다가

종점에 이르러서야 쫓기듯 내려야 했어.

낯선 풍경이 펼쳐졌지.

단 한 번도 와 본 적 없는 곳이었어, 그 버스 종점은.

"이젠 어떻게 가야 하지?"

어두워지는 하늘을 우두커니 바라보며

난 중얼거렸어.

그곳은 마치 그가 없는 풍경 같았어.

너무 황량하고 낯설기만 했지.

그리고 깨달았어.
난 단 한 번도 내 인생에 그가 없는 풍경을
그려본 적이 없었다는 것을,
낯선 동네의 버스 종점에서
비로소 깨닫게 된 거야.

갑자기 비가 쏟아지던 날.

몇몇 아이들은 가방을 머리에 쓰고

웃고 떠들며 집을 향해 뛰어갔지.

나도 평소라면 그랬을 텐데

우산 들고 찾아올 엄마를 기다리는 친구들 사이에 서

있었어.

당시 엄마는 동네에 있는 마트에서 일하고 계셨어.

난 엄마가 잠시라도 하던 일을 멈추고

내게 우산을 들고 달려올지 모른다고,

별안간 그런 생각을 한 거야.

그렇게 교문을 뚫어져라 쳐다보고 있었어.

나타나는 사람마다 엄마인가 싶다가

아니라는 실망감에 다시 고개가 움츠러들고.

그렇게 기대하고 실망하는 사이

우산을 들고 나타난 다른 친구들의 엄마가

마치 빛나는 구원자 같아 보였어.

"내일 보자."

활짝 미소 지으며 인사하는 친구의 모습은

어찌나 당당하고 행복해 보이던지.

끝내 엄마는 오지 않았어.

다행히 우리 집 근처 사는 친구와

우산을 나눠 쓰고 돌아올 수 있었지.

피곤한 몸을 이끌고 저녁을 지어주는 엄마에게

"친구와 우산을 같이 쓰고 와서 비 안 맞았어" 말했더니

엄마는 "아, 그래. 잘했네"라고 말씀하시더라.

그게 또 어찌나 서운하던지.

찔끔 눈물이 나는 거야.

안 될 줄 뻔히 아는데 괜한 기대를 걸다 서운해하고

그러곤 나 혼자 슬픔에 빠져들고.

나, 오늘 하루 종일 그랬어.

그가 오지 않을 걸 뻔히 알면서

나를 보러 달려오지 않을까.

너무 보고 싶었다, 전화라도 걸려오지 않을까.

그런 실낱같은 희망을 걸고

가망 없는 기대를 걸고…….

곁에 내려앉은 낙엽처럼

친구에게서 연락이 왔어.

회사 생활이 너무 힘들다고 하더라.

자기보다 어려운 상황에서도

꿋꿋하게 다니는 사람이 많은데

자신은 너무 의지가 약한 게 아닌가 하면서…….

하지만 내가 보기엔 워킹맘인 그녀의 의지는

결코 약해 보이지 않았거든.

다만 집안일도 회사 일도 너무 완벽하게 하려는 바람에

건강을 챙기지 못하는 게 문제 아닐까 싶었어.

그래서 한 말이고 위로였는데

그 친구 입장에선 일종의 충고라고 여긴 모양이야.

자신이 마음을 몰라주는 것 같다고

섭섭하다며 전화를 끊더라.

하루 종일 내 맘도 좋지 않았어.

한편으론 씁쓸했지.

쑥떡처럼 말해도 찰떡처럼 알아듣던 우리 사이에
최근 서운함이 좀 많아진다 싶기도 했고.
그러다 김사인 시인의 이 시가 떠올랐어.

이도 저도 마땅치 않은 저녁

철 이른 낙엽 하나 슬며시 곁에 내린다

그냥 있어 볼 길밖에는 없는 내 곁에서

저도 말없이 그냥 있는다

고맙다

실은 이런 것이 고마운 일이다.

친구에게 필요했던 건
달콤한 위로도 충고도 아니었는지 몰라.
그저 그녀가 겪은 어려움 하나하나를
귀 기울여 들어주는 거였을지 모른다 싶어.

회사 일이 힘든 건

의지나 체력이 약해서도, 쉬지 못해서도 아닐 수 있어.

자신의 하소연을 가만히 들어준다면

어쩌면 풀릴 수 있는 그런 문제일 수도 있었을 텐데…….

그러고 보면 위로란 참 조용한 일인 거 같아.

곁에 내려앉은 낙엽처럼

그냥 슬며시 곁에 있어주는

그런 조용한 일인 거 같아.

어려운 위로가 아닌데,
참 쉬운 말인데

짧지 않은 투병 끝에

마침내 건강을 회복한 회사 동료와 만나게 됐어.

사실 그동안 난 그가 아팠다는 걸 모르고 있었거든.

내가 무척 미안해하니까,

오히려 나처럼 아예 몰랐던 사람을 만나는 게 더 편하

다고 하더라.

그러면서 그는 아팠던 동안 자신에게

이런저런 위로나 조언을 해준 사람에 대해 이야기했어.

대개 그들의 반응은 이랬대.

"어쩌다 병에 걸린 거야?"

혹은

"내가 아는 사람은 이렇게 고쳤대"라거나

이 일로 액땜한 셈 치고 잘 이겨내라며

자신의 어깨를 두드렸다고 하더라.

좋은 의도를 갖고 하는 위로의 말이었겠지만
그런 말을 듣는 것 자체가 고통스러웠대.
하지만 정작 그를 위로해준 말은 이거였대.
"많이 힘드시죠."
그냥 그 말만 들었을 뿐인데
위로받는 느낌이 들고 눈물이 나더래.

어떤 위로는 스스로만 할 수 있는 것 같아.
괜찮아질 거야.
힘을 내야지.
이런 말조차 정작 본인이 힘들 땐
버거운 말이 되기도 하지.

실은 나 역시 가장 듣고 싶은 말도 그런 거였어.
"너 참 힘들었겠구나."

그냥 내 현재를 인정하고
공감해주는 말.
어려운 위로가 아닌데
어쩌면 참 쉬운 말인데
왜 그 말이 그렇게 쉽지 않았을까.

평일 오전의 동물원에서

"동물원에 가자."

그의 손엔 은박지로 싼, 홍당무가 있었어.

먹이까지 준비해 온 걸 보니 웃음이 났지.

평일 오전의 동물원은 정말 한산했어.

더구나 하늘은 잔뜩 흐려 있었어.

비 예보는 없었지만 당장이라도 쏟아질 것 같았지.

그래서 그런지 원숭이도 여우도 타조도 공작새도 풀이
죽어 보였어.

그때 비가 한두 방울 떨어지기 시작하더니

시야를 가릴 정도로 장대비가 쏟아지더라.

작은 우산 하나가 있어 서둘러 폈지만

어찌나 세차게 내리던지 쓰나 마나였어.

갑작스레 내린 비로 동물원도 폐장한다는 안내 방송이
나와서 우린 나가야 했어.

후문으로 나가는 길,

그가 갑자기 걸음을 멈추는 거야.

나도 서서 그의 시선을 좇았지.

코끼리 한 마리가 정물처럼 우뚝 서서 비를 맞은 채

우릴 바라보고 있더라.

나도 홀린 듯 코끼리를 바라봤어.

비는 더 세차게 내려 시야마저 흐릿해졌지만

철망을 사이에 두고

코끼리와 우리 둘은 서로를 바라보며

한참을 그렇게 서 있었던 거 같아.

빗줄기는 점점 더 거세졌고

퇴장을 알리는 관리인의 호루라기 소리가 들렸어.

그제야 난 그의 손을 잡고 흔들었어.

문득 기분이 이상해서

그의 얼굴을 살펴보니 울고 있더라.

아닌가? 내가 울었던가?

그로부터 얼마 뒤 우리 둘은 헤어졌어.
그는 시험에서 또 떨어졌고
내게 미안하다며 헤어지자고 했지.

그의 얼굴은 이제는 흐릿해졌지만
그날의 장면은 지금도 선명하게 떠올라.
그때 그 코끼리는 알고 있었던 걸까.
우리 밖에 서 있으면서도
갇힌 코끼리처럼 우두커니 서서
눈물이나 흘려야 했던 무력했던 청춘을.
그 코끼리는 알고 있었던 걸까.
그래서 그렇게 거울을 마주하듯
서로를 바라만 보고 있었던 걸까.

슬픔을 마주한다는 건

예로부터 춤과 노래를 사랑하던

타히티섬 사람들의 생활철학은

걱정하지 말라, 는 거라고 해.

더구나 그곳에선 상어와 함께 수영을 해도 된대.

한번도 사람을 공격하지 않은

유순한 종이기 때문이라는 거야.

이런 곳이 지구상에 몇 곳이나 될까.

그래서 그랬을 거야.

인상파 화가 폴 고갱이

타히티에서 여생을 보낸 이유가.

하지만 지상 천국 같은 그곳에도

뜻밖에 비밀이 하나 있어.

타히티 원주민의 자살률이 매우 높다는 거야.

낙천적인 사람들이

왜 그랬던 걸까?

한 인류학자가 단서를 밝혀냈어.

이들에겐 '슬픔'이란 단어가 없다고 해.

슬픔을 느끼지만 표현할 수 없고

누군가와 함께 나눌 수 없기에

그것을 정상적인 감정으로 받아들이지 못하니

자살을 선택해버린다는 거야.

슬픔을 나누면 반이 된다는 거

그냥 하는 말이 아니었어.

그러니 마음속에 담아두려고만 하지 않았으면 좋겠다.

내게 말해줘.

너의 슬픔을, 너의 아픔을.

말로 표현하기 힘든 무력감일지라도.

이미 넌 고마운 사람

1판 1쇄 인쇄 2019년 12월 10일
1판 1쇄 발행 2019년 12월 16일

지은이 · 배지영
펴낸이 · 주연선

총괄이사 · 이진희
책임편집 · 이우정
표지 및 본문 디자인 · 이다은
책임마케팅 · 김진겸
마케팅 · 장병수 이한솔 이선행 강원모
관리 · 김두만 유효정 박초희

(주)은행나무
04035 서울특별시 마포구 양화로11길 54
전화 · 02)3143-0651~3 ┃ 팩스 · 02)3143-0654
신고번호 · 제 1997—000168호(1997. 12. 12)
www.ehbook.co.kr
ehbook@ehbook.co.kr

잘못된 책은 바꿔드립니다.

ISBN 979-11-90492-18-8 (03810)